異世界チート魔術師《マジシャン》

Isekai Cheat·Magician

「このまま
壁を越えようと…」

巨大な石の箱を担いでそう告げる太一。

13

内田 健
Takeru Uchida
illustration
Nardack

「……よし、始めよう」
レミーアは、
火球を湖の上空に生み出し、
それを落下させる。

続いてミューラ。
リザードの片足を中心に
直径五メートルほどの穴が開き、足を取る。

「気を付けないとですね」
凛が捕まえたのは……。

シェイドは、無数に浮かび上がる映像を見つめていた。

「はっきりしたな」
シルフィ、ミィ、ウンディーネ……
精霊の力を借りた攻撃である
必要があるということだ。

「こいつでどうだ!」
太一は、風をまとわせた拳で
黒い影を殴り飛ばした。

異世界チート魔術師《マジシャン》 13

Iseakai Cheat Magician

Introduction

異世界から異世界へ——。

かつての敵・アルガティの勧めで
セルティアに行くことになった太一たち。
情報収集に動き出した太一たちは、
シェイドの手によって直接セルティアに乗り込み、
侵略阻止の攪乱《かくらん》工作に協力することになる。
世界樹ユグドラシルから世界を渡り
セルティアに辿り着くと、
そこには衝撃の光景が広がっていた。
赤茶けた地面に、オレンジ色と紫色が
マーブル模様に混じった空。
アルティアとは全く違う世界だった。
太一たちはセルティアへ拠点を構築する作戦を
遂行する人たちを手助けしながら、行動を開始する。
一方、強力な魔物が跋扈《ばっこ》する生態系の調査に
向かうことになるのだが……。
異世界から更なる異世界に向かった太一たちを
待ち受けるものとは、一体？

異世界チート魔術師《マジシャン》

13

内田 健

ヒーロー文庫

CONTENTS

異世界チート魔術師《マジシャン》

Isekai Cheat Magician

13

illustration Nardack

イラスト／Nardack
装丁・本文デザイン／5GAS DESIGN STUDIO
校正／有園香苗（東京出版サービスセンター）
DTP／伊大知桂子（主婦の友社）

この物語は、小説投稿サイト「小説家になろう」で
発表された同名作品に、書籍化にあたって
大幅に加筆修正を加えたフィクションです。
実在の人物・団体等とは関係ありません。

第二十五章　視察～セルティア～

第七十九話　世界渡り

銀色の軌跡が、まばらに降る雪を吹き散らす。

借りている屋敷の庭、その一角で、凛《りん》が剣を振り込んでいた。

その様子を見ていた太一《たいち》は、元の状態に近づいたと一安心である。

剣をメインにして戦うわけではないため、凛はミューラの監督のもと一定の型をなぞることで身体の回復具合を確認していた。

戦術に剣での動きを時折組み込むので、こうして剣のトレーニングも行う凛。

型どおりでも、剣術の動きである方が効果的、というレミーアの教えに従ってのことだ。

そして現状では、激しく動くことができない凛の身体の調子を確かめるのにも一役買っていた。

「うん、だいぶ動くようになってきたかな？」

時折身体の様子を確かめながら、凛が言った。

「そうね。動きに違和感はないわね」

太一から見ても、剣術の型をなぞっている凛を観察する限り、動作はなめらかである。

三日ほど前までは日常生活は問題ないものの、少々だるさが残っていたという凛。精霊憑依《ひょうい》。

恐ろしい反動だ。

「順調のようだな」

「そうだな」

レミーアが飲み物を持ってやってきた。

シカトリス皇国での滞在もそれなりの期間になっている。

慣れはせずとも、この寒さを「そういうもの」として受け入れられるようになったところだ。

北海の戦闘から一か月が経とうとしていた。

太一たちはシカトリス皇国の首都、プレイナリスに今も滞在していた。

ここでの仕事は全て終わっているので、報酬を受け取ったら帰国の予定だった。

それでもまだこの国に滞在しているのは、凛が全身から出血し気を失うほどのダメージを受けたからだ。

眠ったままの凛は、船で陸に戻ってから目を覚ました。

熊のキメラとの戦闘で消耗していた状態で精霊憑依を行使したためである。

結局気絶してから目を覚ますまでに一〇日近く経過していた。

凛が出血した傷はイルージアの厚意で痕《あと》も残らず完治したものの、やはり精神的にも肉体的にも負荷が高かったということだろう。

一週間以上も寝たきりが続くと、筋力はやはりそれなりに落ちる。

身体に過剰な筋肉がつくのは歓迎できなかった凛であるが、力が落ちたままというのもよろしくない。強化魔術によって、衰えた状態でももともとの身体能力を上回ることはできるが、しょせんそれはごまかしでしかない。

健康状態的にも、そして冒険者という仕事に就いていることを考えても、衰えた身体を元に戻すのは必要だった。

リハビリもようやくひと段落、といったところだ。

ならば、考えるのはこれからのことだ。

太一が戦った召喚術師の男。彼は強かった。シルフィ、ミィ、そしてウンディーネと順調に契約精霊を増やしてきたが、さらなる強さの向上は不可欠。

また、凛、ミューラ、レミーアも大きな課題を抱えている。

一段のレベルアップを実現した精霊魔術師、精霊憑依《ひょうい》。

ただしまだまだ振り回されている状態なのは疑いようがなく、それは本人たちが誰よりも理解していることだ。

その改善は引き続き行っていかなければならない。

新たな基準を見せつけられて生まれる課題。

新たな境地に到達することで生まれる課題。

シェイドから受けた特別扱い。

ありがたいと思うと同時に、より厳しい戦場が待ち受けていることに他ならない。

「力を十全に使いこなせること前提の場面が割り当てられるのは、間違いなかろうな」

レミーアが持ってきた冷たい飲み物で水分補給をした凛とミューラは、再び訓練に戻っている。

二人のリハビリを兼ねた訓練を眺めながら、レミーアは持ってきたクーフェを一口。

相伴《しょうばん》にあずかった太一もクーフェをする。

レミーアが何を指して言ったのか、太一は考えるまでもなく察していた。今回のような敵を指しているのだ。

総合力では、太一が倒したキメラと遜色《そんしょく》ない強さであろう、熊の化け物。

今後はそういった敵と戦うことを前提とすべきだと、彼女は考えているのだ。

「俺としては、全面的に協力する気はあるんだけどな」

ウンディーネ曰く、「太一がいること前提の精霊魔術になってしまう懸念がある」という。

その懸念は確かに気にすべきだ。

太一がフォローしなければ満足に扱えないのでは、それは太一の術になってしまう。

「難しいところよな。のんべんだらりとしている暇はないが、かといって匙加減《さじかげん》を間違えると厄介だ」

結局は魔力操作能力に依存する。

凛、ミューラ、そしてレミーアがたどり着いた結論に、太一は異論を出すつもりはない。

ならば太一が協力できるところはどこか。

それは、精霊からの意見を伝えることだ。

精霊魔術を行使するたびに、精霊はこう言っている、と所感を伝える。

太一に依存するとは、つまりその精霊とのコミュニケーションを太一に頼りすぎると、自立できないという点。

ともあれ、数回試す分にはいいのではないかとも思うのだ。

「ウンディーネはどう思う？」

まずは一回、試してみるのはどうだろうか。

太一はウンディーネを顕現させて、自分の考えを伝えてみた。

「そうですね。それも悪くはないでしょう」

悪くはない。

良い、とは言わなかった。

やはりウンディーネは、全て自力でやることこそが最良だと考えているのだろう。

太一の助力によって生じる弊害を気にしているようだ。

それを懸念するのはきっと正しい。

この返事を受けてどうするか。

太一の助力を是とするかどうかは、太一ではなく課題に向き合うレミーアたち自身である。

「俺にできることがあったら言ってくれ」

「その時は遠慮なく頼らせてもらおう」

今はこれが精一杯か。

太一としても、自分のことをおろそかにはできない。

あの仮面の男との戦いは互角だった。

互角だったが……太一は戦いながらその差を見せつけられている気分だった。

あのまま戦いが続けば続くほど、その差が顕著になっていくような気がしてならなかった。

もちろんそうなってみなければ分からないことではあるので、完全な感覚でしかないものの、太一はその感覚を今も無視できなかった。

実質見逃されたようなものだ。

とはいえ、収穫も確かにあった。

こうして相手との力量差があることを受け止められている自分がいること。

そして、自分が井の中の蛙《かわず》であったことだ。

特に後者については、非常に大きな問題だ。

こうして明確にセルティアの手の者とやりあうようになって、相手のことを全く知らないことに気が付いたのだ。

この考えに至ったのは、仮面の男と戦った後のことだ。相手は太一を指名して戦いを所望した。つまり、仮面の男は太一のことを知っていたということだ。

ひるがえって、指名された側の太一は相手のことを全く知らない。

帝国にてシェイドから最初に話を聞いたときは、その情報量の多さ故受け止めきれず、小出しという形にされた。

故に相手について知らない、という状態になっているのだと分かる。

ならば、次は相手のことを知るべきではないのか。

あの戦いの後、太一は折に触れてそう考えるようになっていた。

「今日はここまでね」

「分かった。……まだやれる感じはする」

「ええ、見てる限りではほぼ戻っていると思うわ」

「無理に続ける必要はない？」

「そうね。後は慌てなくても時間が解決するわ」

「そっか、なら止めておくよ」

そのような考えにふけっていると、どうやらリハビリ兼トレーニングは終了したらしい。

拾った会話を総合すると、もうほとんど大丈夫、ということのようだ。

「ミューラ、リンはほぼ元通り、か?」

「はい。身体の動かし方を知ってるので、順調でした」

「そうか。よかったな」

「はい、ご迷惑おかけしました」

「迷惑などではない、気にするな」

迷惑なものか。凛の機転のおかげで熊のキメラに隙ができたのだ。それに、凛が今この場所にいるのは、あの反動を必要とする精霊憑依《ひょうい》があったからこそ。

レミーアのまじりっけのない本音である。

それに気付いたか気付いていないか、凛はミューラと連れ立ってシャワーを浴びに行った。

いくら寒かろうと、動けば火照《ほて》るし汗もかく。

汗をかいたままなのは気持ち悪いし、放っておけば身体も冷える。

そして何より、汗臭いというのは、年頃の少女としては看過できない問題だ。

冒険者をしていれば、依頼中は水浴びができれば幸運、装備は着た切り雀《すずめ》なこともままあるのでそこは割り切っている。衛生に気を配りたくとも、衣類はかさばるので最低限しか持っていけないのだから。

女性冒険者向けのデオドラント商品もあるにはあるが、しょせんその場しのぎなので根本的な解決にはならない。

それに値も張る。

デオドラント商品など、冒険者の活動の根本には寄与しないからだ。

よって、この商品のターゲットは中級以上の冒険者に限られている。

「さて、タイチよ」

「ん？」

「何を考えこんでいた？」

「え？」

凛とミューラが家に入っていくのをなんとなしに見送っていると、横合いからレミーアが声をかけてきた。

その内容が予想外で、少し面食らう。

「私の呼びかけにも気付かんくらいには集中していたな」

「あー……」

一度考えだすと長いうえに内容がループするので、誰かが近くにいるときは極力控えていたのだが。

ふと、どうしても思考がそちらに飛んでしまうこともある。

どうやらそれをやってしまったらしい。

凛が本調子でない状態では話すのを避けていたことでもあった。彼女の負担にはしたくなかった。

少し考えれば、レミーアがそのあたりに気付いていてもおかしくないと分かる。

太一が、レミーア相手に隠し事などできるはずがない。

先程、ミューラは凛の状態について太鼓判を押した。

そのうえで、太一が上の空になったことで、レミーアは改めて確認してきたのだろう。

「いやな、連中は俺たちのことを知ってるのに、俺たちは連中のことを知らないだろ？」

「ふむ」

「まずはどんな相手なのか。シェイドには当時情報をしぼられたけど、そろそろ追加でもらってもいいんじゃないかって思ってたんだ」

「一理あるな。……あの仮面の者も、お前を名指ししたものな」

「そうなんだよ。俺のこと知らないと、名指しなんてしないだろ？」

「そうさな。一方我々は、連中の情報を全く知らぬな」

呪いの術を使うなど、断片的な情報はある。

だが、根本的なことは全く分からない。

今後戦うことを考えると、相手のことは知っているべきだ。

情報は力。

どんな敵なのか。

その全体像を、知っておきたい。

太一とレミーアの考えは一致した。

「……なるほど。では、話してみましょうか」

「ウンディーネ？」

話してみる、とは？

その答えは、そう間を置かずに知ることになるのだった。

◇◆◇◆◇◆◇◆

ウンディーネが「話してみる」と言ってから一両日が経過した夜。
何を言っているのかと思っていたら、その答えはすぐに分かった。

凛の回復も順調で、そろそろエリステイン魔法王国に戻ろうかと話しているところだった。

カンカン、と玄関のノッカーが鳴らされた。

「はいはい」

たまたま扉の近くにいた太一が応対に出る。

ちょうど夕食後。

もう少しで寝る時間。

この世界は、日本に比べて朝の起床も早ければ夜の就寝も早い。

日本では電気というインフラによって安価で明かりの恩恵を受けられる。

一方アルティアには電気がない。明かりを取るにはランプなどが必要である。それらのコストも決して安いものではなく、日が落ちたら食事をとって即座に寝るというのは、一般では珍しくない生活サイクルだ。

夜遅くまで明かりを灯していられるのは貴族や豪商に限られるのだ。

ところで日本では二一時を過ぎてのアポなし訪問は非常識とみられる。もちろん地域差や個々の家庭、個人の認識によって差異はあるだろうが。

つまり、そろそろ非常識にみられるぎりぎりの時間に来客があったということだ。

「どちらさ……」

とはいえ、ここにやってくるのは城の関係者がギルド関係者くらいのものだろう。

ならば緊急の要件の可能性が高い。

そう思って扉を開けて、太一は絶句した。

「見違えたな、少年」

まさかの来客だったのだ。

全く心の準備をしていなかった。虚を突かれた。

「……お前は」

かつて辛酸をなめさせられ、その後ミィとの契約によってかろうじて撤退させた相手。

アルティアの管理者、シェイドの部下。

吸血鬼の始祖にして王。

律儀に正面玄関からやってきたのは、アルガティ・イリジオスだった。

「アルガティ……なんでここに」

「……なんだと⁉」

がたりと、太一の背後で大きな音。

ダイニングにはレミーアがいたはずだ。

振り返ると、彼女は椅子を蹴り倒して立ち上がっていた。

冷静沈着なレミーアといえど、さすがにアルガティの登場とあっては驚きを隠せなかっ

たのだ。

「今日は、貴様らに耳寄りな情報を持ってきたのだ。上がらせてもらおうか」

有無を言わさぬ感じだが、追い返すことはできない。

実力的にも、状況的にも。

そのあたりを深く考えるのはやめてしまうのが賢明だろう。

太一はアルガティを室内に招き入れた。

こうして招き入れたのだから、いっそ開き直ってもてなしてしまおうと太一は考える。

リビングに案内し、ソファに座らせる。

足を組んで背もたれに身体を預けたアルガティに、太一は問う。

「お茶とクーフェ、どっちだ？」

「我はどちらも好むが……そうだな、少年に任せるとするか」

「分かった」

太一は迷わずクーフェを淹《い》れる。

理由はシンプル。家にあるものでは、クーフェの方が茶葉よりも高級だからだ。街を散策していた太一が、ふと見つけて衝動的に買ってきたものである。これが日本だったら小遣いを軽く吹っ飛ばしてしまう値段で躊躇《ちゅうちょ》しただろうが、今の財布事情ならばためらうほどの値段ではなかった。

さすがに王侯貴族がたしなむものに比べれば二段は劣るが、それでも一般家庭で飲むぶんには十分すぎるほど高級なものだ。

素人の太一でも分かるほどに香りも味も良く、いい買い物をしたと満足できる逸品である。

それを三人分、リビングのテーブルに置いた。

「……ほう、なかなかどうして、悪くない」

太一が淹れたクーフェはとても本職には及ばないものの、クーフェ自体がいいものなのでそれなりの味にはなっており、アルガティが一定の評価をするに足る味だった。

「で……話があるんだろ？　わざわざ自分で足を運んで」

太一はアルガティの正面に座った。

レミーアは向かい合う二人から見て右手側のソファに座った。

屋敷を包む異様な気配に、凛とミューラが自室からこちらにやってきたが、リビングの入り口で思わず足を止めていた。

特に誰かは説明していないが、その異様な空気を感じて理解したのだろう。

太一とレミーアが迎えている男が、仮面の男と同様強者であることを。

会ったことはないが、これほどの男に部下がいないとは考えられない。

手勢の者を使い走らせればいいものを、アルガティ本人が、だ。

「もう本題か、せっかちだな。もう少し再会の会話を楽しもうとは考えんか？」

「それはもう少し交流を深めてからじゃないのか？」

「この関係だからこそ、であろう」

アルガティの言葉に、太一は肩をすくめた。

はっきり言って重要でもなんでもないからだ。

アルガティも分かっていてのことだろうから、単なる戯れであろう。

「まあ良い。今日は敵対しに来たわけではないと理解しているな？」

「ああ。お前からは敵意どころか戦意も全く感じない。穏やかなままだ」

「そうとも。我の方は貴様との戯れもやぶさかではないが、貴様はそうではなかろうな」

太一は答えない。代わりに淹《い》れたクーフェをひとくち。

やはりいい味だ。

「我にとっても重要な事案なのでな。さっそく話をしよう」

アルガティはふっと笑う。

太一のリアクションは予想通りだったのだ。

分かりやすくていいことだが、アルガティの方もいたずらに相手をからかって楽しむ趣味は持っていないし、彼としても本当に重要な案件を持ってきているので、おふざけもほどほどにするつもりだった。

「貴様らが敵……セルティアについて何も知らぬとぼやいていたと聞いた」

ぴくりと、カップを持つ太一の手が反応した。

レミーアはちらりとアルガティを見た。

「そこで、我が主により一計を賜《たまわ》った」

「シェイドからか」

「うむ」

アルガティはひとつうなずく。

「シェイド様は、セルティアでの攪《かく》乱《らん》工作を行っておられる」

「やられたらやり返す、って感じか？」

「その通りだ。セルティアからも手勢が送り込まれておるのでな。こちらもそれをせぬ理由がない」

「なるほど」

確かに、と納得する太一とレミーアである。

遠巻きに話を聞いていた凛とミューラも、うなずいていた。

特に実際に相対した太一は、シェイドならばその手も打つだろうと納得した。

アルティアを守るためならば何でもすると明確に宣言したシェイドだ。

そのくらいのことは考えて行うだろうと得心したのである。

「こう見えて、セルティアの者どもがこの世界に築けた拠点は、貴様らが考えている以上に少ない」

「その心は、その前につぶしているから、か?」

「左様。それでも我らの目を逃れた一部が、アルティアに根を張っているのだ。貴様らがつぶした北の海のアジトもそのひとつだ」

「帝国の古城と同じように、か」

そうだ、と肯定し、アルガティはクーフェに舌鼓を打つ。

(知らず、手は伸びていたということか……。水際での阻止もあったはず)

話を聞いていたレミーアはそう考える。

こちらへの侵入には、セルティアもなかなかのリソースを割いていると思われる。

もしもそのリソースを他のところにも割かなければならないとしたら。

アルティアで好き勝手している暇はなくなる。自分たちの足場が崩されてしまえば元も子もないのだから。

「そうだ、ハーフエルフの娘よ。シェイド様としても、侵入を許容し続けるつもりはない故に、攪乱《かくらん》工作を行っておられる」

どうやら、表情から考えを見抜かれたらしい。

レミーアの驚きはわずかなものだった。

太一曰く、この男は吸血鬼の祖、と自称したという。

それが本当なら、レミーアでさえも及びもつかない年月を過ごしてきているはずである。

事実なのか騙《かた》りなのか。確かめるすべはないが、少なくとも目の前にいる男の格は本物。

まだ一〇〇年も生きていない自分では及ぶべくもないと受け入れることができた。

「そこで、この話の肝だ」

アルガティは真っ直ぐ太一を見据えた。

「セルティアの行動を制限するためのシェイド様の攪乱工作。セルティアまで足を運び、手を貸すがよい」

「……そういうことか」

セルティアの知識が不足している。

ならば、セルティアへ行ってみればいい。

その土地に自らの足で立ち、風を感じ、景色を目に焼き付ける。

太一たちは「セルティアとは」という疑問について知識を得られる。

シェイドらとしては、太一たちという戦力を攪乱工作で生かすことができる。

深く考えずとも、両者に益がある話だった。

太一はレミーアからの視線に気付く。すぐに引き受けるな、ということだと分かった。

「概要は？」

「うむ。現在、新たに送り込む者共のための基地建造地を整備しておる。その助力だ」

「ということは、基地の建築が終わったら戻ってくるのか？」

「左様。セルティアには我も行く。貴様らは現地では我の部下という体裁をとる」

「なるほど。……できることとできないことがあるぞ」

基地の建造……というより、大工などやったこともない。

犬小屋の作製すらしたことがないのだ。

やれと言われても困ってしまう。

「むろん、貴様らにもできることをやってもらうとも」

「……分かった」

太一はレミーアを見る。

彼女がうなずいたのを見て、太一は一つ腹を決めた。

「分かった。渡りに船だ、引き受ける」

「そうだろう。その返事だけで今日は良い」

アルガティはさっと立ち上がった。

用件を済ませたら今日はもう辞するらしい。

「遠征の準備を整えよ。それが終わる頃にまた来よう」

「分かった。連絡は？」

「不要。貴様らのことを知る手段などいくらでもある」

「なるほど、確かにそうかもな」

セルティアについての知識不足に嘆いていたことを、シェイドから聞いたとアルガティは言った。

ウンディーネに限らず太一が契約しているエレメンタルたちからシェイドに、そしてアルガティに伝わったのだろう。

「馳走になった。なかなかの味だった」

「そいつは何よりだ」

「ではな」

「ああ」

アルガティがすっかり暗くなった夜の街に消えていく。

その姿が見えなくなったのを確認して、太一は家の扉を閉めた。

セルティアとアルティアの行き来。

普通に考えれば、そう簡単なことではないのだろう。

準備を行いながらも、太一はそれについて思考を巡らせていた。

そう考えられる理由として、現状のアルティアに対するセルティアの目論見が挙げられる。

間違いなく双方はともに敵世界であると認識している。

世界同士ではなく、国同士にまでスケールを落とせば、より太一にも分かりやすい。

敵国への渡航、というよりも入国は、それが使命を帯びたスパイや工作員などでもない限り難しいだろう。

正規ルートでは出国もできないだろうし、相手側も入国はさせまい。

セルティアからアルティアへの工作が続けられ、アルティアもまたセルティアに対して工作を行っている。

こんな現状で、双方の世界の出入りなどできるわけがない。

お互いがお互いを受け入れないからだ。

主目的として、敵の兵士などを自分たちの領域に入れないための渡航禁止。

二次目的として、自世界の民を敵地に行かせないためであるし、敵世界の住人であっても一般人を保護するためである。

この場合、渡航……いや、それは正確ではないか。

世界を渡るため、渡界、とでもいうべきか。

ともあれ、禁止されている渡界を行うには、密入国しかない。

どうやってかは知らないが、すでにそれは成しえているらしい。

まあ、セルティアの人間がこちらに潜伏して暗躍しているのだし、やられたからやり返すという形でアルティアも動いているということだ。

実績はあるということだろう。

その極秘ともいえる事案にこれから関わることになる。

何せ世界渡りだ。表裏一体と聞いたが、簡単なことではあるまい。戦時中なのだし、双方が排除しあっている現状では更に困難なはずだ。

今後状況が進んでいって世界同士の争いに決着をつける段になった時、初めて関わるはずだからだ。

◇◆◇◆◇◆◇◆

さて、これは完全に予想外だった。

太一は周囲を見渡した。

もろもろの準備や手配を終えて連れてこられたのはエルフの島、世界樹ユグドラシルの領域。

眼前にはまさにそびえたつという言葉がふさわしい巨樹。

ユグドラシル、その本体である。

その巨樹の前にはアルガティと顕現したユグドラシル。

背後、領域の入り口にはヤミュール。

そして、太一たち四人だ。

ヤミュールはこれ以上はここにいていい立場ではないのか、既に辞するところだ。

ユグドラシルの力についてては、後で聞く時間はとれるはずである。

「ユグドラシルがシェイドの側だったなんてな、驚いた」

「驚かせてしまいましたか」

太一の言葉を受けて微笑んだユグドラシルだが。

ふと、その笑みをひっこめ、わずかに目を伏せる。

「黙っていて申し訳ございません」

「いやいや、責めてるわけじゃないよ」

思ったことを口にしたら謝られてしまったので、太一はあえて軽く流した。

驚いただけ、という感情を伝えるように。

「状況が変化している故にな」

確かに、あの時とは前提が違う。

セルティアとのことも知らなかった。

帝国に戻り、アルガティと激突して薄氷の勝利を挙げた褒美にとシェイドに教えてもらって初めて知ったのだ。

「貴様らはシェイド様からも一定の評価を賜《たまわ》っている。なれば、明かせる事情も増えていくというものよ」

数か月前、ここに入れたのは、四人の中で太一だけ。

凛、ミューラ、レミーアは入れなかった場所だ。

その事から秘匿《ひとく》されているのだとばかり思っていたが、現在はそこに仲間全員で連れてこられた。

まあ、何かしら方針転換などがあったのだろう。

そんな太一の表情から何を考えているのかを察したのか、アルガティがふっと笑う。

「当時は秘匿していた。今は問題なくなった。そこの娘らが精霊魔術師になった故にな」

太一はまたしても思考の海に沈んだ。

世界の理を書き換える、普通の魔術師から精霊魔術師への転身。

なんとなく理解した。

限界突破を希望したのは凛で、精霊魔術師になればいいと手段を示したのはウンディーネである。

精霊魔術師になるには世界の理の書き換えを行う必要がある。それを、シェイドが見逃したのだろう。

それどころか凛に精霊憑依《ひょうい》という唯一無二の力を、シェイドが手ずから授けるという特別待遇。

この世界に呼ばれた太一がシェイドにとっての主目的だったが、そこに凛、ミューラ、レミーアもまた食い込んできたと考えて良いのか。

歓迎すべきか。考えるまでもない。歓迎すべきだろう。

これから起こりうる様々な事件、発生し得る案件、それに仲間と共に当たれるというのは、太一にとってとても心強い。

もしも太一一人がシェイドに引き上げられたとすれば、仲間、同僚となるのはアルガティとユグドラシルか。そして上司がシェイドである。太一一人だったとして、拒否はできない。シェイドがそれをさせるはずがない。

ユグドラシルはともかく、アルガティとでは気が休まらない。シェイドは言わずもがな。

そうなった時、事情を知らない凛たちに心情を吐露できるか。

否である。

巻き込めない。そう考えるに違いない。

そして、いざ本番の決戦となった時、関われない三人と別れて、平常心でいられるか、だ。

今であればその負担も相当に軽減される。凛たちの戦う力、戦える相手の範囲が格段に広がっているからだ。

さて、思考の海に沈むのもここいらにして、本格的に浮上する時だ。

「ここから、か？」

ここが世界を渡るための場所なのか。

なるほど、世界樹、の名を冠するユグドラシルが文字通り根を張る場所ならば、それもあり得るのかもしれない。

確か地中二万メートルほどにまで根を伸ばしているのではなかったか。

これは完全に太一の推測だが、その二万メートルの根、というのが、この世界の反対にあるセルティアへの足掛かりなのではないだろうか。

そう尋ねると、ユグドラシルはうなずいた。

「物理的にではありません。概念的にです。地中深くに根を張っている、即ちセルティアにより近い位置に手を伸ばしているといえます。それをたどっていくのです」

「……なるほど？」

なんとなく分かるが、本質は理解できなかった。

横にいるレミーアはふむ、と考えている様子。少なくとも太一よりは理解しているだろう。ならば、後で彼女に聞けばいい。

太一はその概念についていったん横に置いた。

「貴様らは詳しく知らずとも問題はない。ユグドラシルの手によって、世界を渡れるとだけ知れば十分だ」

「そうですね。詳細を知りたければお教えするのは問題ありません。時間がある時にお尋ねください」

遠回しにではあるが、今はそれを考える時ではないと言われた。

そうだ。

これからセルティアに行くのだ。

アルティアと表裏一体という世界。

どちらが表でどちらが裏かは分からないが、異なる世界というのは変わらない。

ともあれ、アルティアの者でも、セルティアで活動できる。

セルティアの人間がアルティアに来ていることからも、そしてシェイドの手先がすでに潜り込んでいることからもそれは明らかだ。

でなければ、アルガティも太一たちを連れて行こうなどとは言うまい。

「では、始めるとしよう。ユグドラシルよ、首尾はどうか？」

「問題ありません。こちらはいつでも行けます」

「それは重畳。では、やれ」

「分かりました。では、開きます」

ユグドラシルは踵《きびす》を返して自身の本体である世界樹に手を触れる。

すると、ユグドラシルが触れたところがびきびきと音を立てて割れていった。

「……っ」

まるで自分を引き裂いているかのような光景。

思わず息をのんだのは誰か。

そんな心配の感情を読み取ってか、ユグドラシルは首だけ振り返って微笑んだ。

「ご心配ありがとうございます。ですが、無用ですよ。裂いたのは空間ですから。世界樹を触媒にしているので、木が割れているように見えるだけです」

なるほど、ユグドラシルには影響はないらしい。

ホッとしたのもつかの間。

「空間を、裂く、だと……？」

レミーアが思わずうめいた。

それは、時空魔導師の専売特許ではないのか。

現代では、シャルロットしかいなかったはずである。

「ふふふ、ワタクシも時空間操作はできるのですよ、ただし、非常に限定的ではありますが」

曰く、神託は限定的な可能性を探る未来視の術。今回の空間断裂は自身の根を行先の概念とした界渡りの術。

時間と空間を操る術の多彩さでは、時空魔導師の足元にも及ばないとのことだ。

なお、この穴は魔術、魔法ではないとのこと。世界に根を張るユグドラシル固有の能力ともいうべきものだそうだ。

「アルガティ、つながりました」

「ご苦労」

「さあ、皆さん。道中の安全は保障いたします。ご武運を」

「そう長くはつなげておけぬぞ」

「あ、ああ、分かった」

帰り道もこの界渡りとなるのだろう。

となれば、片方通行ではなく、双方通行可能な道ということだ。

道をつなぐ先の安全は確保してあるのだろうが、物事に絶対はない。

アルティアの人間だけではなく、セルティアの人間も通過可能となれば、長くはつなげないというのも分かる。

我先にと空間の狭間《はざま》に身を投じたアルガティを太一が追う。

「じゃあ、帰りもよろしく！」

すれ違いざま、ユグドラシルに声をかけた。

「助かりました」

「ありがとうございます」

「世話になる」

凛が感謝を伝える。

ミューラが丁寧に礼を言う。

レミーアは自然体だ。

それぞれ一言ずつ告げて空間の狭間に消えていった。

そのまま少し。

実質数秒のことではある。

五人が無事セルティアに到着したのを確認し、ユグドラシルは空間の裂け目を閉じた。

そこには、傷一つない世界樹の幹。

「シェイド様へのご助力、感謝いたします。どうぞ、ご無事で戻られることを願っています」

ユグドラシルはしばし、太一たちが消えていった裂け目があった場所を眺める。

すると、やおら振り返ってひざまずいた。

「行ったかい？」

そこには、闇の精霊シェイドが待っていた。感情を悟らせないアルカイックスマイルを浮かべている。

「はい。無事送り届けました」

「そうか」

シェイドはそのままユグドラシルの横を抜けて世界樹の前に立ち、幹に手を触れた。

「見てくるといい。セルティアを。争いは避けられないんだ、悲しきことにね」

ふと、シェイドの表情がかげったことを、頭を垂れたまま、ユグドラシルは悟った。

セルティアに思いを馳せるたび、シェイドは同じ表情をする。

それも仕方のないことだ。

アルティアと――シェイドとセルティアの間柄のことを思えば、彼女がそうなってしまうのも必然といえるのだから。

◇◆◇◆◇◆◇◆

アルティアとの違いはあまりに大きかった。

アルティアしか見たことのないミューラとレミーアはもちろん、地球からアルティアにやってきて、世界の常識の違いに幾度となく直面してきた太一と凛でさえ、その違いに言葉が出てこない。

踏みしめる地面は赤茶けた土。

地面についてはは滅多に見ないが別に不思議ではない。

背の低い草がまばらに生えている。

雨が少ない土地なのだろう。

これもまた、こういう環境の土地があることは知っている。

そうではない。

太一は空を見上げた。

「なんだ、この色……」

オレンジ色と紫色のマーブル模様とでもいうべきか。

日没前後にかけて、昼が夜に支配されていくさなか、オレンジ色と紫色の境界線が見えることはあった。

しかしこの空はそうではない。

紅茶やクーフェにミルクを注いだ時、それが混ざり始めた瞬間のようだ。

何とも表現のしにくい色合いだった。

「驚くのも無理はあるまい」

アルガティが言う。

この環境の違いももちろんだが、何よりも空の違い。

転移のための建物なのだろう、魔法陣らしいものが地面に刻まれただけの石造りの小屋から出て飛び込んできた光景。

これはすさまじいインパクトであった。

「まずは本部に行くぞ。ついてくるがいい」

衝撃だったが、それに浸らせるつもりはアルガティにはないようだ。

この驚きというのは、世界が変わったことに対するもので、そうそう得られる経験ではないのだが。

少々もったいない気もしたが、こうして強引にでも移動しないとしばらくここに立ち尽くしていることになりそうなので、ありがたいともいえた。

アルガティについて歩く。

身体を動かしたことで、衝撃の余韻《よいん》そのままに周囲を見渡す余裕も出てきた。

周囲にはいくつもの仮設建造物とテントが張られ、少なくない人々がせわしなく行き交っている。

その中を突っ切って進んだ先。

太一たちの眼前に石組みの砦《とりで》が現れた。

赤茶色の岩を切り出してブロックにして組み上げたのだと思われる。

アルガティが、木でできた両開きの扉を押し開ける。

砦の中は殺風景、武骨といった言葉が似合う。

まあ、ここはセルティアに対するアルティアの前線基地なので、装飾などが要らないというのも分かる話だった。

砦の中を闊歩《かっぽ》し、アルガティが先導して行きついた先。

そこには、「統合作戦室」とあった。

どうやらこの砦の心臓部となる部屋のようだ。

特にノックもなく開けられる。

すると、既に迎え入れる準備はできていたようで、部屋の奥、窓を背にして四人の男がこちらを向いて待ち構えていた。

それぞれ三人が並んで立っており、一人は三人の斜め後ろに控えていた。

(ああ……アルガティの姿を見て、奥に走っていった人がいたな)

その人物が先触れというか、連絡役だったのだろう。

そしてアルガティの到着を待っていたというわけだ。

(ん？)

一瞬、強い感情が込められた視線が向けられた。

四人を順に見てみるが、誰からも感じない。

アルガティではない。

では、外か。

視力を強化して窓の外を見てみるが、窓から見える範囲には誰もいない。

気のせいか。

そう考えていると、並んだ三人のうち、真ん中の一人が一歩前に出た。

四人の中で最も豪奢な装いの男だ。

「お待ちしておりました、アルガティ様」

「うむ」

「して、後ろの方々が?」

「左様。事前通達のとおり、我の直属という扱いである。便宜を図れ」

「はっ」

アルガティと短くやり取りして、彼は太一たちに向き直った。

「ようこそいらっしゃいました、皆様方。私がこの地の責任者である、カイエン・ブリエシュです」

責任者。

やはり彼がここの司令官のようだ。

「皆様が、我々の作戦をお手伝いいただけると聞いております。間違いありませんか?」

四人は顔を見合わせる。

答えたのはレミーアだ。

「ああ、間違いない」

カイエンは満足げにうなずく。

「私の左右にいるのが副司令官のジーラス・アスタ、ウーゴ・グラステとなります。この地について何かありましたら、我らに確認いただければたいていの融通は利きますのでご遠慮なく」

ジーラスは細身の文官のような体躯の男。

ウーゴは筋肉質でひげ面の、将官の衣装を着ていなかったら盗賊にも見える男だ。

「そんな特別扱いしても良いのか？」

レミーアも同じことを思ったのか、それを素直にぶつけることにしたようだ。

それに対し、カイエンはかすかに微笑んだままうなずく。

「問題ございません。皆様がどのような戦力であるかはうかがっておりますので。冒険者ランクがB、Aというだけで非常に貴重ですからね」

「今この地において、最も必要とされるのは戦闘力ですので」

なるほど。

確かに、ここは敵地。

このアジトに到着してから見かけた人や出会った人全て、種類は多岐にわたるものの全員が武器を提げていた。

「そうですね。戦えない者はこの地に足を踏み入れることは許されていません」

「戦えずともこの地で働きたいと声を上げる者もいるが……無駄死にさせるわけにもいか

んしな」

と、ジーラス、続いてウーゴ。

戦力として送り出すわけではない、拠点にいるのみの者でも、採用基準に戦闘力を必須要素としているとのことだ。

前提として、少数での行動を基本としている。

確かに、この地の面積は、良く言って村。実質村にも満たない規模だろう。

派手に動いて感づかれ、討伐軍を送られでもしたらたまらない。

シェイドによる隠蔽《いんぺい》が施されているとはいえ、セルティアにはそのシェイドと互角の存在がいる。

油断すれば即座に気付かれるとは、シェイドの弁。

これらのことから、人員が少ないことが、戦えない者がこの地にいない理由でもある。

人でも魔物でも、拠点に攻め込まれた場合、数少ない人員での防衛となる。

そうなったとき、戦えない者を守る余裕はない。

人員を失った場合の補充もたやすくはない。簡単に死なれては困るのならば、最初からある程度自分で身を守れる者を連れてくるべき、となったという。

なるほど、だから裏方っぽい者も、動きが素人ではなかったわけだ。

実力のレベルは横に置いておいて、何かしらの戦闘の心得を持っているように見えた。

確かに後方の憂いが少ないのは、前に出る者にとってもありがたいことだ。

「他にも話すべきことはありますが、ひとまずそれは後程。本日は身体を休め、明日以降に備えていただければ」

カイエンはそう言うと、斜め後ろに控えていた獣人の兵士を呼んだ。

これまでは一言も発しなかった、山羊の獣人である。

「このメラクに、皆様の寝泊まりする宿舎に案内させましょう」

「メラク・アンダルシアです。皆様を宿舎にご案内いたします」

山羊の獣人は愛想よさそうに笑いながら言った。

「よろしく頼む」

「では、こちらへ」

メラクが先を歩き、それに太一たちはついていく。

そのまま、司令官室を退室した。

◇◆◇◆◇◆◇◆

太一たちが出て行って少しして、カイエンがアルガティに問う。

「……よろしいのですか？」

当のアルガティは、腕を組んで窓の外を眺めている。背を向けたまま応じた。

「何がだ」

「あのメラクですが、彼らにいい感情を持っておりませんぞ」

そう、太一たちが入室した際、強い感情を込めた視線を向けたのはメラクだった。

四人全員がその視線自体には気付いていた。

誰がその視線を向けたかについて気付いていたのは、一人だけだったようだが。

「それがどうした？」

そんな者に任せて良いのか。

不協和音にならないか。

そう考えて問いかけてみたカイエンだったが、アルガティは特に気にしていなかった。

「さすがに、ここを預かる者として、感情のもつれからの問題は困るのですが……」

「実力に問題はないと言ったはずだが」

「それは聞いてますぜ。でも、俺たちはあいつらの実力を見ていないんです」

カイエンは司令官として全体のために話をしているが、ウーゴはどうやらメラク側のようである。

ただ、アルガティが見る限り、同調はしているもののメラクのように感情が先走ってはいないようだが。

そうでなくては副司令官には選ばれない。理性で感情を制御する鋼《はがね》の精神があるからこその立場だ。

「召喚術師というのも、精霊魔術師というのも聞いています。ですが……」

ジーラスは二本の指を立てた。

「召喚術師の少年については、その力を見たことがありません。また、ただの魔術師から精霊魔術師になるなど、聞いたことがない」

その二点があるから、メラクやウーゴのような者が出てくるのだとジーラスは言う。

ジーラス自身はメラク、ウーゴに同調はしていないが、その心情は理解できるという立場だ。

「……精霊魔術師への進化は、シェイド様がお認めになったことだ。貴様ら、それを疑うと言うか」

アルガティは明らかに不機嫌になった。

特に臨戦態勢にはなっていないはずだが、その身体からは少量の、しかし圧倒的強者の気配を感じさせる闘気が漏れる。

「とんでもない。シェイド様の裁定に異論があるわけではございません」

アルガティが機嫌を損ねると分かっていたのか、カイエンは慌てなかった。

「ただ、この目で見ないと納得しない者がいるのも事実。ですので、早晩、何かしらの催し物があるかと」

軋轢《あつれき》が生じる前に腕試し的なことを行うと言っているのだ。

カイエンはそれを催し物と言った。

絶対強者たるアルガティを前にしてその物言い。

その実力は高くはあるがあくまでも人間の範疇《はんちゅう》でのこと。高く見積もったところで、せいぜいが人間の騎士の部隊長程度だろう。

だというのに、実に肝が据わっている。

その胆力がシェイドに気に入られたからこそ、この地において司令官を務めているのだ。

そして、己に対してもこのような態度でいられるカイエンのことは、アルガティも好ましく思っていた。

「ふ。構わぬ。それで気が済むなら好きにさせよ。ただし、分かっているな」

「はっ。間違っても露見せぬようにいたします」

「分かっているならばいい」

アルガティはそれ以上何も言わなかった。

どのみち、必要なことだとカイエンは考えていた。

彼ら彼女らはよそ者である。

まして、太一と凛はアルティアの人間ではない。ミューラとレミーアはアルティア出身ではあるが、彼女らもまたこの基地においてはお客様。

アルガティの直属ということで便宜も図らなければならない。

それに納得がいかない者も出てくると、その話が出てきた時からカイエンは予測していた。

何せ、ここにきている者たちは審査をパスし、命を運賃とした片道切符であることを承知の上で、アルティアのために身命を賭《と》すと覚悟してやってきているのだ。

その自負があるからこそ、来たばかりで特別扱いを受ける者を面白くないと感じるのは、感情を持つ者としては当然の反応だ

言葉で納得させることはできない。

理解はするだろう。

カイエンが命令だと言えば従うだろう。

だが、心の底から納得してのことではない。

それでは、きっと彼らもやりにくいに違いない。

カイエンたちにとって、頼もしい増援なのだ。

任務達成の確率が上がるのだ。

ならば、特別扱いを受けるにふさわしい者たちだと、見せつけるのが手っ取り早い。

アルガティがその機微を理解しているかは分からない。

カイエンにとってはどちらでもいい。

必要なのは、アルガティの許可だったのだ。

この場所がばれないようにするのは当然。そこはカイエンの采配次第だ。

後は、いつそのイベントが起きても問題ないように、あらかじめ打っておいた手はずを整えるだけだった。

◇◆◇◆◇◆◇◆

陣地の西側。

そこにある平屋の家。

それが滞在場所として割り当てられた。

「ここは陣地の西区画で、人員が生活する区画になります。そして、こちらが皆さんの宿泊場所となります」

案内薬のメラクは、家の前でそう言った。

態度も口調も穏やかだが、目が笑っていない。

ここまで来れば嫌でも気付く。

先程の顔合わせの時に感じた、強い感情が込められた視線。

あの場で待っていた四人のうち、三人は立場ゆえに必要な感情は発露したものの、個人的な思いに起因する感情は全く見せなかった。

あれはおそらく、このメラクからだったのだろう。

「家具などは一通り、食料は一週間分を見積もって用意してありますので、自由にお使いいただいて構いません。何かありましたらお申し出ください」

「助かる」

「明日になったら何かしらのご連絡をさせていただくことになるでしょう。それでは、ごゆっくりお休みください」

そつのない挨拶《あいさつ》をして、メラクは去っていった。

この地の司令官に選ばれるだけあって仕事ぶりは文句のつけようがなかった。

だからこそ。

目立っていた。彼の目が。

まあ、それならそれで構わない。

多少やりにくくとも、やるべきことはたくさん出てくるだろうから。

「さて、入るとするか」

石造りの殺風景な家だが、最低限の機能は備わっていた。

リビングとダイニング、水回り、そして個室が三つ。

部屋割りは必然太一が一部屋、残り二部屋をどう割り振るかだが、これも特にもめることなく、凛とミューラで一部屋、残る部屋をレミーアが使うことになった。

個室は、見た感じ四畳あるかないかというところか。

ベッドと小さなテーブルがひとつ。

ベッドはそれなりに幅があるので、凛とミューラなら一緒に寝られるだろう。

食料はキッチン横の食料庫に収められていた。

これだけあれば、一週間前後は確実に持つだろう。

食料自体は、アルティアで見かけたものとそう変わり映えしない。

セルティアの食料があるかと少しだけ期待してもいたのだが。

考え方を変えれば、食べなれたものを食べることができる贅沢である、ということもできる。

思った以上に量もあり、またバリエーションも豊富だ。

これが敵地最前線であることを思えば、これ以上を望んではばちがあたるというもの。

「特に問題はなさそうだったな。あ、浴槽作って水張っておいたぞ」

「おお、済まんな」

浴室はシャワールームだった。

意外と床面積があったので、五右衛門風呂的な浴槽なら作ることができたのだ。

少々窮屈な体勢での入浴になるが、無いよりはマシである。

床面に通り道を作り、地面の奥の方から少しずつ抽出して形成。

ミィの力もだいぶ使えるようになったので、特に困ることもなかった。

本当なら、シャワーがあるだけありがたい、と思うべきだろう。

平均的な庶民の生活では、浴槽どころかシャワーすら毎日浴びるのは贅沢と認識されている。

「この陣地をざっと見渡した限りでは、贅沢な家が割り当てられたと思います」

「そうだな」

アルガティらのバックアップがあっても、ここはアルティアとは別の世界。いくら表裏の関係とはいえ、簡単に行き来はできない以上、全てを万全に、全員にいきわたらせることはできない。

現に、陣地にはこうした建物は半数以下で、無数のテントが張られていた。

テントを使用する者たちは、おそらく共同の水場を利用しているのだろう。

翻ってこの家は個室もあり、プライベートも確保され水回りも十分。

このこぢんまりした家でも、陣地では豪邸と言えるのだ。

故に、四人とも口にはしないが、今後起こりそうな問題は予測できる。

「問題、とまでいくかは微妙だけどな」

「そうかも。ひと悶着《もんちゃく》、くらいかな」

案内役のメラクの目。

あれは、太一たちにこの家を使わせること……もとい、アルガティから特別扱いを受けていることに納得していない目だった。

あまり放っておくと不和の種になる。

早晩それを取り除くに越したことはない。

集団を預かる者であれば、そう考えてもおかしくはない。

例えば太一がここを預かる身だったとしたら。新参者を特別扱いすることになったことに、先住者たちが不満を抱えた。これは頭痛の種になりうるので、はやめに除去したいと考える。

「そういうの、取り除けるならそうした方がいいよな」

「うむ。何かしらが起こると考えておくのが良いであろうな」

ここの司令官は、その辺りに気付かないような愚鈍な人物ではなさそうだった。

「私たちからは動かない方がいいよね」

「そうだな。俺たちは明日すぐに動けるように、ゆっくり休んでおこうぜ」

「そうさな。というわけで飯にしよう。ミューラ、手伝え」

「分かりました」

ミューラとレミーアが並んで台所に立つ。

ここで考えていてもどうなるかは分からない。

なるようになるだろう。

アルガティがどんな仕事を任せてくるか一抹の不安がある。

できることとできないことがあるのは伝えてあるが、言われた以上は精一杯やる所存であるのは偽りのない本心だ。

そのためには、きちんと食事をとり、風呂に入ってリラックスしてよく休む。

これもまた、身体が資本の冒険者として大事なことである。

◇◆◇◆◇◆◇◆

翌朝。

やはり予想していたことが起きた。

朝食を食べ終え一服している最中、逗留《とうりゅう》している家に訪問者があった。

やってきた男は、本部からの使いだという。

彼の用件は、今から一時間後、交流のための模擬戦訓練を行うのでぜひ参加してほしい、というもの。

応じたミューラは、その場で了承の返事をした。

太一たちに聞くまでもない。

全員の同意というか考えは確認済みだ。

一番手っ取り早い手段である。

「シンプルでいいな」

「そうだね。分かりやすい」

太一と凛などは、まだるっこしいことにならなくてよかったと笑っている。

「うむ。ああだこうだと考えなくて良いのは歓迎すべきことだな」

レミーアも賛同している。

あれやこれやとかかずらうことになっては、どのような支障が出るか分からない。

無論そうなるとは限らないし、面倒が発生しても影響がないように最大限努める。

とはいえ、そういった要素など、そもそもないにこしたことはない。

訓練場は、陣地の南側にあると言っていた。

遠くからでも一目で分かるらしく案内は断った。

(西側は、人員の生活区画。あたしたちが来た小屋は砦《とりで》を挟んでちょうど反対側、という

ことは砦は中央、小屋は東側かしら。そして、南側に訓練場、ね）

まだ陣地の説明を受けていないし、見てもいないので、分かっているのはそれだけだ。

おおよその推測ができるのは西側と中央の砦周辺だけで、後は不明。砦の周りにはいくつかの建物が密集して建築されていた。それらは中央の砦にかかわる建物群だろう。ミューラたちは詳しく知る必要のないものだ。

東側は小屋以外に何があるのか、南側は訓練場だけなのか。北には何があるのか。

ざっと整理した感じでは、分からないのはこのくらいか。

これから必要に応じて知る機会はあるはずだが、そこまで重要でもないと思われる。

基本的にこの家と本部を行き来する生活になるはずだ。

「それでは各々、いつでも出られるように……といっても、問題なさそうだがな」

身だしなみは整え終わっている。

そこまでの準備は現状いらない。

何をするかが分からなければ、本格的な準備などできはしないからだ。

「ただ模擬戦するだけなら、武器取ってくるだけだしね」

「そうだな」

太一と凛は気楽に構えている。

特別緊張はしていない。

今更と言ってしまえば今更である。

ミューラは軽く肩をすくめた。

「じゃあ、お茶を淹《い》れなおすわ。飲み終わるくらいには、頃合いになってるかしらね。レミーアさんもいかがですか？」

「もらおう」

「分かりました」

一度使った茶葉だが、再利用。

ここでは物資の浪費はできない。

お茶を飲むことさえ、贅沢の類だ。

むしろ固い黒パンと塩のスープでも文句は言えないどころか、食事があるだけありがたい。

ここの四人はおいしい料理も知っているが、冒険者故に非常食にも慣れている。

お茶どころか白湯《さゆ》を出したところで誰も何も言わない。

お茶のおかわりが薄くなったところで、どんな文句があろうか。

台所で魔道具に手をかざし、水を薬缶に入れる。

シャワーがあることからうすうす分かっていたが、この家の水回りは魔道具で賄《まかな》われている。

つまり、利用者の魔力が残っている限りは、水を供給できるというわけだ。

お湯を沸かし、茶葉から二度目の抽出。

飲んでみたがやはり薄味だ。

だが、うまい。

少なくともミューラは十分これで満足できる。

意外と重要視されるのが、冒険者は安い舌の方がいいということ。

これはランクが上がっても同様だ。

もちろん、稼げるようになれば高くておいしい食事にもありつける。

同じことは商人や騎士にも言えた。

たとえ大商人の会頭や騎士団長クラスであっても、夜営するとなれば物資節約のために質素な食事を摂る。

気を楽にするため、特に中身のない会話を続けることしばらく。

全員が二杯目のお茶を飲み終えたあたりで、時間までちょうど三〇分ほどとなった。

「さって、んじゃいくか」

時間ギリギリになって突っ込まれる隙を与えるのも面白くはない。

なので待つくらいでちょうどいい、ということになったのだ。

それぞれ武器を手に取り、家を出た。

そのままずは砦《とりで》の方に向かい、到着したらそこから南に向かう。

西区画を斜めに突っ切ってもいいのだが、それは時間がある時にすればいい。

特別迷うことはないだろうが、今は確実に着く方が大事だ。

歩くことしばし。

体感では一〇分ほどだろうか。

ざっくり、一キロ弱歩いた計算になる。

「ああ、確かに分かりやすいね」

凛が言った通り、柵で囲われた二〇〇メートル四方の土地。

柵の切れ目のそばには小屋が建てられており、その扉の横には「訓練場管理事務所」と書かれていた。

だが、凛がそう判断したのは、小屋や看板、土地を見たからではない。

訓練場では既に二〇名ほどが各々の鍛錬に精を出していたからだ。

ある者は剣の素振りをしたり、またある者は魔術の訓練をしたり。

ひたすら外周を走って体力づくりをする者も。

メニューはそれぞれだが誰もが真剣に取り組んでいたからだ。

案内が不要、というのはこういうことかと納得できた。

まずは事務所の扉を開ける。

カウンターには男性一名。

そして奥にある机では女性が一名、それぞれ仕事をしていた。

「何か御用ですか？」

「私たちは、昨日こちらの陣地に来た者です」

「ああ」

「今日の模擬戦訓練に参加してほしいって言われたんだ」

「はいはい、連絡は来ています」

男性はわきに避けてあった書類を確認すると、太一たちを見てうなずいた。

「まだ開始までは時間がありますね」

「ええ、余裕をもって出てきたから」

「なるほど……」

どうしようかなとつぶやきながら、男性は顎《あご》に手を当てて少しだけ考え込む。

「では、そちらの休憩スペースでお待ちいただくか、もしくはアップをされていても結構です」

「了解した。身体を暖めているとする」

「はい、分かりました」

冒険者としていついかなる時でも戦えるように準備しておく。

それは間違いなく正しい。

冒険者だけではない、騎士や兵士であってもそうだ。敵はこちらの事情など勘案してくれないのだから。

そういう理屈で準備運動なしで訓練を行ったこともあった。

もちろんそれは、必要だからやったこと。

実戦に即したメニューとしてだ。

ただ、基本的には準備運動をしてから臨むべきである。

それは言わずもがな、余計な怪我《けが》を避けるため。

準備運動なしの訓練は滅多に行わない。

今回も、要は実力のお披露目会のようなものと捉えている。

そこで怪我をするなどバカバカしい。

身体を暖めておくのが、ここでは正しい選択だろう。

太一は、ミューラと型通りの訓練をを行った。

剣を振るう。

打ち合う。

避ける。

特にそこに戦術などはない。

あるのは、予定通りの動きを覚えることだけ。

打ち合うときは打ち合い、打ち合わないときは打ち合わない。

予定調和の動きともいえるだろう。

最初はゆっくり。そして徐々に速く。最終的には全力の六割から七割あたりまで出す。

身体を動かし、感覚を確かめるのはちょうどいいメニューだ。

一方、レミーアは身体をほぐしている。

これは珍しく、魔力の通りの確認などを行うのが通例だ。

どこを通っているのか把握できるか。まんべんなくいきわたっているか。

流れによどみはないか。そして、問題なく操れるか。

まずそれらを確認してから別のメニューに移ることが多いのだが。

今は魔力操作の向上を目指し、常に魔力操作の訓練を行っている。常にウォームアップしているようなものなので身体をほぐすストレッチから始めているのだろう。

それは凛も同じ。

彼女が行っているのも、つまるところ準備運動だ。

これは所属していたテニススクールでやっていたルーティン。身体を伸ばしたり回したりしてほぐしていくもの。

凛もまた、魔力操作能力の向上を目論み、レミーアほどではないにしろ常に意識している。

なので今更といえば今更だった。

キィン、と、剣を打ち合う音が響く。そのまま鍔迫《つば》り合いになったところで。

「ん？　あれかな？」

太一がぽつりと言った。

それを聞いたミューラは、訓練場の入り口の方に顔を向ける。

すると、向こうの方から集団が近づいてきていた。

ある程度バラけているので固まって行動しているわけではないようだが、
訓練をしていたため感覚が研ぎ澄まされているので、気配には鋭敏になっている。

ただ、安全がある程度以上確保されている場所で、常に遠くまで索敵をしているわけではない。

もっと近づいてきていれば気付けただろうが、今回は目視の方が速かったわけだ。

「おはようございます。もういらしていましたか」

遠巻きに彼らがやってくるのを見ながら訓練を続けていると、声を掛けられた。

集団の中の一人としてやってきた、この陣地の司令官のカイエンであった。

「ああ、この土地に不慣れなのでな。早めの行動、というわけだ」

「そうでしたか」

カイエンはひとつうなずくと、半身になって背後を見た。

思い思いに準備を始める戦士たちの姿。

「今回は彼らが模擬戦闘訓練を実施いたします。まあ、私もですが」

「む、そうか」

カイエンも訓練を行うという。背中に背負う大剣は、飾りではないらしい。柔らかい物腰だが、武器の方は豪快かつ苛烈なものだった。

「ええ、ここではどのような身分であろうと、有事に遊ばせる余裕はありませんので。私も前線に出て戦いますからね」

エリスティインでも騎士団長が強いというのはあったが、彼らとてよほどのことがなければ指揮に集中する。

ただ、ここでは後ろに控えているだけではだめということだろう。

「それもそうか」

納得できる。

この地には、万を超える兵士などいないのだ。

戦える人員は全員が戦わなければ厳しいということだろう。

今訓練場にいる人数は、ざっと見た限りで四〇人ほど。カイエン曰く、現在総数の四割ほどがここにきているという。

「さて、長々と話していても意味がありませんんね。さっそく始めるとしましょう」

特に開始の合図などはないが、周囲では相手を見つけた者たちが各々散り始めていた。

中には三つ巴《みどもえ》の訓練を行うようで、三人で連れ立っていく者もいる。

「私はあちらで素振りでもしながら体を暖めますので、皆様もご自由に」

「分かった」

レミーアはうなずいた。

こちらへの視線はいくつも感じていた。

自分たち同士でやってもいいのだが。

「一手御指南願えますか？」

一歩前に出てきたのは、昨日太一たちを案内したメラクであった。

「なら、あたしが相手するわ」

ミューラが先んじて一歩前に出た。

メラクの得物は、ミューラと同じ片手剣。

一番分かりやすいと思ったのだ。

メラクの目は四人のうち特定の誰かに固定されていたわけではないので、ご指名したい相手がいるわけでもなさそう、というのもあったが。

「受けていただきありがとうございます」

やはり、昨日の彼の目は錯覚ではなかった。

初対面の翌日に実施されたこの模擬戦訓練。やはり大方の予想通り、彼のような者を説得するために設けられた場であった。

年下の少女相手でも偏見はなく、問題はないらしい。

この地に踏み入れた者に性別など関係ないというのは、訓練場で自らの研鑽《けんさん》に勤しむ者たちを見れば分かる。

少し離れたところで、ミューラはメラクと相対した。

剣を抜き、構える。

特別扱い。

納得するのは難しいことだろう。

セルティアに対抗するためのこの陣地には、ろくなバックアップがない。

軍だって、兵站《へいたん》の維持には苦心している。地続きの位置関係であってもそうなのだ。世界をまたぐこの地での兵站の困難さも察しがつかないようでは何をかいわんやだ。

むしろアルティアと唯一つながるこの地こそが皆のバックアップをする場所だ。

矜持《きょうじ》をもって、文字通り命を懸けてきているはずである。

余所者がいきなり来てVIP待遇では、理解はしても納得はいくまい。

特別扱いを受けるに足る戦力であること。

力が全てだというこの陣地において、最も簡単なのは己の力量を知らしめること。

やはり太一たちのことは気になるのか、こちらに向けられる視線の数は多い。
ならば。
メラクにも思惑や想いはあろう。
だが、ミューラにとっても好都合。
彼には申し訳ないが。
(……ねじ伏せさせてもらうわ)
メラクが剣を抜いたのを確認し、ミューラもまた剣を抜き、構える。
模擬戦訓練というTPOに則った加減こそするが、容赦はしない予定だ。
メラクの装備は右手にオーソドックスなブロードソード、左手に小型の盾。
特別尖った部分がないかわりに、隙も少ない武器構成。
「行きます!」
メラクはぐっと踏み込んで、突進した。
ミューラは半身になって、振り下ろされる剣を防いだ。
強化魔術は当然、お互いに行使している。
メラクの力はかなりのもの。ミューラも膂力《りょりょく》を大きく強化して受け止める。
ぎり、と鉄が噛《か》み合い、耳障りな音と共に火花がわずかに散る。
今度はミューラの番。

力のベクトルをわずかに変えてメラクの剣を少しだけ逸らした。
それだけで十分。
左手で短剣を抜く。
切っ先を突き出すように真っ直ぐ前に振り上げた。
剣と盾の位置関係から、防ぐのは難しい。
「っ！」
メラクはバックステップで距離を取った。
（そう、そうするしかないわよ、ね！）
追う。
逃がさない。
メラクが飛ぶと分かっていたからこそ、彼の着地とミューラの踏み込みは同時だった。
ミューラは剣を振る。
我流ながら騎士とも互角に切り結ぶことができる技量を惜しみなく披露する。
メラクはミューラの剣術を剣と盾で防ぎつつも反撃を試みる。
数合の攻防の後、二人とも距離を取った。
（まだこのレベルなら余裕なのね）
周囲の者たちも、この程度ならばできて当然という顔をしていた。

まずは様子見。

ミューラはCランク冒険者が相手のつもりで戦った。

ならば次はBランク冒険者……平均的な騎士が相手のつもりで戦うことにしよう。

「ふっ！」

今度はミューラから……踏み込む直前、火球を放った。

魔術を使っていいのは確認している。ほかに訓練に来ている者も行使していたからだ。

眼前まで迫った火球を盾で跳ね除け、迫るミューラの剣を片手剣で打ち払おうとする。

「くっ⁉」

気付いた。

ミューラすれば気付かれた、というのが正しいか。

メラクの剣をからめとって弾き飛ばそうとしたことに。

自然と、剣と剣が触れる時間は一瞬になる。

金属と金属がぶつかり合う音が連続で響くも、そのやり取りを嫌ったメラクが距離を取ろうと画策する。

逃がれたいようだと、ミューラは気付いた。

ならば、手伝うとしよう。

火球を掌に生み出し、それを地面に叩きつけた。

ドォン、と地面が揺れ、メラクの声も姿も、爆音と爆炎にかき消された。

直撃はさせていないが爆発に巻き込まれてノーダメージはあり得ない。

もちろんミューラも爆風に巻かれているが、自分が放った魔術だ。

どうとでもできた。

黒煙の中からひらりと舞うように出てきたミューラに一瞬遅れて、メラクが吹き飛ばされて地面を転がった。

ところどころ火傷を負いすすけている。

やはりノーダメージとはいかなかったようだ。

「はやく治療した方がいいんじゃない？」

これは模擬戦だ。

相手を倒すことが目的ではないし、怪我《けが》を負わせるためでもない。

大事なのは、実戦に即した中で取り組んできた課題の成果を確認し、新たな課題を見つけるためのもの。つまり今の自分を見つめる機会なのだ。

もちろん負け癖がついてしまうのは良くないのできちんと勝ちを狙うのも大事なことである。

ただ、勝ち負けは一番重要なことではない、ということだ。

相手が想定外の怪我をしたためギブアップなどで明確な勝敗がつかずに終わるのも、模擬戦ならばままあることだった。

もっとも、今この瞬間においては違う。

明確に勝ったとも負けたとも言っていないが、間違いなくミューラの勝利、メラクの敗北となった。

この地に来る資格を得られる者ならば分かったはずだ。

あの瞬間、追撃を仕掛けようと思えばいくらでも仕掛けられた。

ミューラにとってはあれはただの牽制《けんせい》、目くらまし、体勢の立て直しの一手段でしかない。

それでダメージを受けるような相手なら、ミューラにとっては格下となる、と。

もちろんそれは、戦っていた本人が、観戦していた者よりも間違いなく分かっていた。

「……ええ、そうします。お相手、ありがとうございました」

「こちらこそ、いい勉強になったわ」

ミューラは武器を鞘《さや》に納めて踵《きびす》を返す。

メラクは歯ぎしりをして、しかし湧きあがった感情を抑え込む。

そのまま剣を鞘に納め、しっかりとした足取りでその場を去った。

「これで納得してもらえれば良いがな」

ミューラの対戦が終わり、次は凛が模擬戦を行っている。

この模擬戦に何を求められているかは、彼女もよく理解している。

序盤少しのやり取りで彼我の力量差を把握したらしい凛は、すでに勝負を決めにかかっていた。

最初のうちは相手の攻め手をある程度受けていたが、もはや攻撃の出だしを潰す動きにシフトしている。

ミューラと戦ったメラクは純粋に力の差を見せつけられた形になったが、凛と戦っている魔術師は自身の行動をことごとく邪魔されている。

(実力が近い相手となら、泥臭い戦い方になるんだけどね)

例えばミューラとの模擬戦になれば、それこそあの手この手を使い、駆けずり回って埃《ほこり》まみれになることもいとわないのが凛という少女である。

そこまでしないと勝ちは呼び込めない、と分かっているから、というのもある。

相手よりも実力が上回っている場合。

先程ミューラは技量と戦術で相手に何もさせず封じ込めた。

一方凛は、出力と手札にものを言わせてすぐに勝負を決めにいっている。

お互い逆の戦い方もできるが、結局意図するところはひとつ。

粉砕。それに尽きた。

どちらも、大きな力の差がなければできない勝ち方。

「二戦もやれば十分じゃないか?」

お互いの力量を高め合う目的ならばともかく、実力に物を言わせてねじ伏せる訓練など、あまり面白いとは思わないのが太一である。

そうでなければ凛とミューラと同じレベルで立ち回る模擬戦で、楽しそうにしたりはしないだろう。

むろん相手によるし、必要ならばねじ伏せることもやるのだが。

「うむ。貴官らはどう思う?」

こちらに近づいてきていたカイエン、ジーラス、ウーゴに、レミーアは背中を向けたまま問う。

「そうですね……私は十分だと思います」

カイエンはこれ以上は不要だと認めた。

「あれだけ圧倒されてれば、仕方ねぇでしょうな」

ウーゴもまた、現状を見たうえでカイエンに同調する。

「さすがに、力量差も分からないような者は、ここには来られませんからね」

ウーゴが納得すれば良かったジーラスは、この結果に一息、といったところだ。

「ただ、すぐにもやもやが全て取り除かれるわけでもなさそうですかね」

周囲を見やり、カイエンは言う。

「ま、それは仕方あるまい。人間そう割り切れるものではないからな」

「分かってもらえてありがてぇ。こうしてこっちの事情に付き合ってもらった以上、大人の対応はさせると俺も約束しましょう」

ウーゴはそういって胸をたたいた。

「大人の対応なら出来ていたと思うが、まあそういうことなら頼むとしよう」

「ええ、お任せくだせぇ」

さっぱりとした様子のウーゴ。

良くも悪くも感情を表に出すタイプ。

彼は、ここに来た人員たちの感情の代弁者なのだ。

彼が陣頭に立って不平や不満を口にし、感情的になることで他の人員たちのガス抜きをする。

見た目は盗賊にも見えるが、それに騙《だま》されてはいけない。

仮に直情型であっても、それを理性で制御できるからこそこの地位に就いている。感情的なのも、分かっていてやっていることだ。

まあ、そういった背景については、太一たちは知る由もないのだが、見ていればなんとなく予想できることでもある。

「では、彼女の模擬戦が終わりましたら、さっそく仕事の話をさせていただくとしましょう」

「そうさせてもらおうか」

これ以上の実力の証明は不要。

というわけで、レミーアと太一の模擬戦闘はなし。

ちょうど凛の模擬戦闘が終わった。

見ていた通り、圧倒的だった。

七人はそのまま訓練場を出ていく。

残された者たちはそれを呆然と見つめていた。

セルティアにやってきたのは、いずれもアルティアである程度以上飛びぬけた結果、成果を残してきた、Bランク冒険者として成り上がり、一代で莫大な富を築く、あるいは騎士となり、貴族として認められる、などだ。

太一はもちろん、凛、ミューラ、レミーアと比較するとどうしても騎士やBランク冒険者が大したことないように見えてしまう。

だがそれは大きな錯覚で誤った認識だ。

一般人から考えれば、騎士やBランク冒険者などどう逆立ちしたところで、なろうと思ってなれるものではない。この世界では大成功といえる部類のもの。

Cランク冒険者で活動が続けられたら十分成功できたと胸を張っても誰もとがめないどころか賞賛さえされるだろう。

たとえ降格しても、一度でもCランクに上がれたら酒場で自慢話にできる。

大多数の冒険者の最終到達点がDランクというのも、それを物語っている。たとえDランク止まりでも、命を懸けている分、普通に雇われて働くよりははるかに実入りがいいのだ。

セルティアにやってきた彼らはその成功、または大成功を捨ててまで決断しており、弱いなどとは普通口が裂けても言えない。

ただただ、太一たち一行が常識から一段ずれている、というだけの話。

これまでは主に太一だけであったが、今は全員がそうである。

第八十話　セルティアの問題

「どうやら、無事に連中に認めさせたようだな」

砦《とりで》の統合作戦室でアルガティが待ち構えていた。

「完全に認めさせたかは分からないけどな。まあ、実力は見せてきたぜ」

「それでよい。ここの者たちと仲良しごっこさせるために連れてきたわけではないのでな」

なかなかの毒舌。

だがその通りでもある。

太一たちはここに根を張るわけではない。

一時的にこちらに滞在し、目的を達成したら去る。

もちろんアルティアを守るという目的は同じなので間違いなく味方である。

ただ、それと同じく領分というものがあり、あまりでしゃばるとそれを侵す危険があった。

太一たちがすべきはあくまでも手助け。

主導は、セルティアに覚悟をもって来たものたちがするべきだ。

「ありがとうございます」

カイエンは頭を下げた。

ここにいる者ですら入って調査するのはリスクが高い森や山。

周辺はそういった場所だらけなのだ。

当然だ。

セルティアの中心部のような安全な場所には拠点を築けない。理由は簡単で、見つかるリスクが高くなってしまうからだ。

辺境、自然の奥地に作ることになる。

現在ここ以外に一か所、基地を設けるべく建築を進めているが、それさえも決して少なくない犠牲を払って作り上げたもの。

基地を建築する場所の選定作業に、非常に莫大な投資をした経緯がある。

選定作業と言っているが、実際は獣道すらない未知の場所へ分け入る冒険。

非常に重要な仕事ではある。

資材や食料の現地調達、周辺の魔物の調査による生物分布の把握など、有形無形の収穫の価値は計り知れない。

ある程度実力に優れ、Bランク冒険者に匹敵する者もいるが、攻めの主力であると同時に、守りの主力でもある。

Aランク冒険者相当の者は更に少なく、文字通りの要石。彼らなら危険地帯にも送り込めるが今度は守りが手薄になる。

替えなどきかない。

補充は簡単にはできない。

太一たちにそれを肩代わりしてもらえるのなら、カイエンとしては非常にありがたかった。

たとえ彼らが犠牲になっても、ここの人員には一切の被害が出ないからだ。

薄情だとは思うが、カイエンたちも日々必死なのでそこまで余裕はない。

それに、アルガティが連れてきた者たちだ。

強さも確認したことだし、任せることはできるだろう。

「では、仕事の話としようか」

アルガティが言う。ここからが本題だ。

「ああ。俺たちは今日からでも出られるぞ」

太一はそう答えた。

その準備をしてきた。

先の模擬戦に普通に挑めたのもそのためだ。

「そうか。ならばさっそくやってもらおう」、
アルガティはカイエンたちに目を向けて言う。
「はい、もちろんです」
太一たちにどこに行ってほしいのか。
何をしてほしいのか。
それらはアルガティではなく、カイエンらから提示があるようだ。
まあそれもそうだろう。
この地にて何が足りないのか、どこに人の手を送りたいのか。
それを分かっているのは現場だ。
「こちらをご覧ください」
背後ではジーラスがテーブルに地図を広げていた。
拠点を中心とした地図だ。
東西南北を険しい山々に囲まれており、その真ん中の平地にいるようだ。
そしてその周辺はほぼ深い森におおわれている。
この陣地周辺はどうにか切り拓いているが、ほぼ未開地。
そして南西の森の中には建造中の第二の陣地。
非常に簡易な地図なのは間違いないが、範囲は広い。

ここまでよく調べたというべきだろう。

「こちらにある拠点についての調査になります」

拠点についての調査。

どういうことだろうか。

「経緯を簡単に説明しますと、こちらの拠点からは週に一度、定期連絡を受けています。直近の報告は、三日前のはずでした」

それを聞けば、何があったのかはおおよそ察することができた。

「お察しの通り、定期報告の人員が来なかったのです」

ここから第二拠点までは、全行程を強化なしの徒歩で片道二日間の道のり。

定期連絡の役目を担う人員は身体強化に優れた者を選別しているので、この作戦の実運用上の所要時間は片道半日ということである。

また未開の地を進むという危険な役割から、移動能力に加えて戦闘力にも長けた人員を一〇人用意していたという。

この定期報告は運用を開始して既に三か月は経過しているが、これまで一度も遅れたことはなく、また一度たりとも人員の欠損はなかった。

魔物と遭遇しても撃退及び逃走は十分可能だったとのことだ。

定期報告部隊は、第二拠点を当日の早朝に出発するという。なので多少の前後はあれど、遅くとも夕方前にはこちらの砦《とりで》まで到着していた。

人員が欠損した、遅れた、というのなら分かる。

ただ、三日経っても到着しない、というのは初めてとのことだ。

異常事態が発生したと考えてしかるべき。

襲われたか、そもそも出発できなかったのか。

だからピリピリしていたのか、と、到着した日を思い返す太一である。

強い感情が向けられたのも致し方なし、というところだろう。

仲間がどうなっているかも分からない状態の時に、アルガティに連れられてやってきた四人組が特別扱いを受けると決定事項として通達された。

なるほどそれでは良い感情も向けられまい。納得できる話だった。

それはともかく。第二拠点の調査に向かう人員の選別を行っていたところ、だったのだが。

当然ながらこちらの砦も人員は潤沢ではない。

全員がそれぞれに重要な役割を担っており、そこから外れればそれだけ別の部署の仕事が遅延する。

そこに現れたのは太一たち。

アルガティからの紹介で実力は十分。

それは模擬戦闘でも一端を披露されて把握している。

武力が必要な場合を考えて、太一たちに向かってもらうのがいいのではないか。

首脳部ではそのような結論が出たとのことだ。

「なるほど。では、我々は早急にこちらに向かうとしよう。ついては……」

レミーアがカイエンたちと簡単な打ち合わせを行っている。

確かに由々しき事態のようだ。

何が起きているのか、現状では推測しかできない。

もしも現代ならば、無線通信などの手段によって情報の即時共有が可能だ。

だが、こちらでは当然そんな手段はない。

伝書の鳥を飛ばしたり、早馬を使ったり、身体強化に優れた者を用意したり、などだ。

こちらでは鳥を使っていないとのこと。なぜか。

理由は難しくはなく、空を行く魔物に狩られてしまうのだという。特に猛禽《もうきん》の魔物が厄介で、人間などは襲わない臆病な性格だが、自分より小さい鳥類や小動物を狙う生態らしい。

らしい、というのは、生態の調査が進んでいないからだ。これで確定とするには十分なエビデンスを用意できていない。

ともあれ、最初は伝書の鳥を用意していたそうだが、ことごとく狩られてしまってからは、運用を取りやめたのだという。

　その猛禽に限らず、調査が進んでいない物事だらけだというが。

「後で、我々があなた方に任務を要請した件と、それに伴うもろもろについて記載した書面をお渡しします」

「ありがたい」

　それがあるとスムーズに行くのは間違いない。

「いえ……第二拠点はこちらの砦《とりで》以上に色々と余裕がございません。ですので、こちらのように家までは用意できないかと」

「ふむ……」

　むしろこちらで家を用意してもらえたこと自体がずいぶんな特別扱いで、感謝こそすれ文句など言うはずがない。

　レミーアは太一を見た。

　視線を受けた太一はうなずく。

「承知した。では、寝泊まりについてはこちらでどうにかする故、土地の一角を割り当ててもらえるよう取り計らってもらえるか」

「その程度でしたらお安い御用です。むしろ、それしかできないのが心苦しい限りですが」

「十分便宜をはかってもらえている。礼を言わねばな」

「いや、礼を言うのはこちらの方です。南西陣地をよろしくお願いしますぜ」

ウーゴが頭を下げた。

大役を任されている、つまり権力を持っていながら頭を下げることをいとわない。

気持ちのいい男だった。

「それでは、皆様のご武運をお祈りしております。第二拠点を頼みます」

「我はだいたいここにいるであろう。何かあれば来るがよい」

カイエンとアルガティの言葉を受けてから、部屋を出た。

◇◆◇◆◇◆◇◆

「うん、いつ見ても違和感しかないな」

上空に浮いていた太一は天を見上げてそうつぶやいた。

空は相変わらずオレンジ色と紫色のマーブル模様。

昼間はこの色のまま明るくなり、夜はこの色のまま暗くなる。

世界が変われば環境も常識も変わると、分かってはいた。

この世界の住人にとってはこの空の色が普通なのだ。

常識の違いだと分かってはいても慣れるまでは時間がかかるに違いない。

「っと、あっちだな」

森の中ほどに切り拓かれた場所が見える。

そこには物見やぐらや高い木製の壁が建てられているのがうっすらと見える。

もしかせずとも、そこが現在開拓中の拠点だろう。

それらもそこそこ高さはあるが、樹木自体が平均的に高く、森のかなり奥の方にあるため、地上からは見て取ることができないのだろう。

だからこそ、こうして空を飛んで確認する必要があったともいえる。

浮遊を止めて着地する。

「あった？」

砦《とりで》がある拠点を出てから四時間弱。

ここまで強化をして進んできた。

徒歩で進むとおおよそ二日の道のり。

これがただの旅ならばのんびり進んだが、今回は移動に時間はかけられない。

すでに行程の半分は進んでいるだろう。

地図上で見た森も既に見えてきている。

太一たちだけならばもっと高速で移動することもできたが、今回は案内および仲介役もいるのでそこまでの速度は出せない。

非常事態であることを考え、砦《とりで》からある程度の役職についている者をつけてもらった。

「ああ、あったよ。あっちだ」

太一は指で真っ直ぐ森の一角を指した。

森を分け入ったその先に、拠点があるのだろう。

「何か異変は見受けられたか？」

「いや、煙が上がってたりとかはなかったな」

「そうか」

「それは重畳です。参りましょう」

案内役を務めている中年の男、砦の守備隊長アドリアーノ・ゲンデルは太一の報告にほっとした様子でうなずいた。

太一がこうして空に飛んだのは休憩時間の最中。

太一たちもそうだが、特に案内役の男のスタミナに配慮する必要があった。

彼がいなければ拠点に到着した際に面倒なことになるのは目に見えていた。

再び移動を開始する。

赤茶けた土を踏みしめ、自然の様々な香りがする風の間を縫い、森の前へ。

ずっと荒野だったのだが、ここから先は下生えの植物も生い茂っている。

歩きにくくなるのは間違いあるまい。

踏み入って進むこともできるのだが。

「ここを歩きやすくするのはやめといた方がいいかな？」

ミィの力を使えば、地面を整地するなどワケはない。

ただ、勝手にやるのもどうかと思う。

その思いが口をついて出た。

ただのつぶやきだったのだが、アドリアーノはそれを拾っていた。

「そうですね。確かに歩きにくいのですが、森に住む魔物たちに対するバリケードにもしているそうなので」

「そういうことですか」

確かに追われた時、直線距離で四足歩行の魔物と追いかけっこなどしたくない、そう考えるのは当然だ。

太一も魔力をいっさい持っていなかった頃を思い出せば、きっとぞっとしなかったに違いない。

「それに、通り道ができるのを避けるために、定期連絡部隊はいくつものルートを確保しているそうです」

道がならされればならされるだけ、通りやすくなる。それは人も、人以外も同様だ。

「では、参りましょう」

案内役の男が右にしばらく移動してから森に突入する。

ここが道のひとつのようだ。

これを即座に見分けるのは無理だろうなあ、と太一は思う。

違いがすぐには分からない。

まあ、ひとまずそれは置いておいていいだろう。

アドリアーノについて、森の中に分け入っていく。

歩きにくいことこの上ないが、未開の森の探索は既に何度も行っていること。

ここでもこれまでの経験が生きてくる。

周囲に気を付けながらも進んでいく。

さすがに移動速度は荒野の時に比べて格段に落ちたが、それも仕方のないことだ。

そうして歩き続けること更に三時間。

森の中なので進んだ距離的には大したことはない。

平地のように進めるはずがない。

それでも平均よりも確実に速く、森の中の移動が終わった。

太一たちの前には、周囲の木を伐採して築かれた壁が現れた。高さは軽く一〇メートル近くあるだろう。

これを築くにはどれだけの労力を要したのだろうか。

重機などはないが、強化魔術を使える者がそのかわりとなって築いたのだろう。

その入り口に立ったアドリアーノが声を張り上げた。

「砦守《とりで》備隊隊長、アドリアーノだ！　門を開けてくれ！」

「……確認した！　少し待て！　開門せよ！」

門の上に設えられた足場から声が聞こえた。

こちらを見下ろし確認していたのだろうが、既に引っ込んでしまったようで誰がいたかは分からない。

やがて門が開いてゆく。

高さは三メートルほどの両開きの門。背の高い馬車などでは通れない大きさだが、この森を馬車では通過できないのでその辺りのことは考慮しなくていい、という判断だったのだろう。

「良く来てくれた！」

「テニズか！」

アドリアーノと門の中で待ち構えていた男は知己であったらしい。

「無事でよかった」

「定期報告ができなかったからな。やはり、砦から派遣されてきたか」

「何があったのかと向こうでも話題になってたぞ」

「心配をかけて済まなかったな。定期報告部隊は出せなかったが、拠点は無事だ」

「そのようだな。何よりだ」

笑顔で握手を交わしていた両者だが、ふとテニズが真剣な顔に戻した。

「っと、それは後でもいいな」

テニズがアドリアーノの後ろに立つ太一たちに視線を向ける。

「ああ。彼女たちについても説明したい。シュトルフ大隊長はいるか？」

「大隊長は天幕の方にいるよ」

「そうか。それは話がスムーズでいい」

「ということは味方、でいいんだな？」

「もちろんだ。それらも含めて大隊長に説明する」

「分かった。客人方、俺はテニズ・ジョンソン。第二部隊隊長だ」

「ああ。丁寧に済まんな」

テニズに案内され、拠点の中を歩いていく。

見渡すとテントばかりで、ところどころ小屋のようなものが建てられている。

どうやら何より柵、いやもはやあれは壁と言ってもいいだろう。魔物がはびこるこの森だから、何より壁を重視したようだ。

まあそれらももちろんだが、それよりも。

「……ずいぶんと物々しいな」

この拠点の中を歩きながら、抱いた感想はそれだ。

誰も彼もが厳しい表情を浮かべ、完全武装したまま歩いている。

もちろんここが森の中にある危険と隣り合わせの拠点、というのを考慮した上で常在戦場の意識を忘れずにいる、というのは正しいことだろう。

だが、それにしたって張り詰めすぎだ。

常に集中していられる者がいないように、この緊張感を保ち続けるのは精神衛生上良くないのではないか。

浮かんだ疑問を隣を歩く凛にもぶつけると、彼女は同意見と言うようにうなずいた。

どうやらそう考えていたのは太一だけではないようである。

案内された天幕は、他のテントに比べてずいぶんと広い。

このテントが、ここで活動する者たちの行動指針を決める場所だ。

大隊長とやら以外にも、多数の働き手がいるのだろう。

「ああ、テニズさんじゃないですか」

「ご苦労」

天幕の前、入り口に立っている守備兵が笑顔を浮かべてテニズに声をかけた。

「大隊長ですね？」

「ああ。この時間、緊急の案件がなければ書類仕事をしているはずだが」

「そうですね。いますよ」

「そうか。ならばいい。第二部隊隊長、テニズ・ジョンソン、失礼する」

テニズはそう言うとそのまま門番の青年の横を通過し、天幕の中に入っていく。

「段取りを整えてきますので、少しだけお待ちください」

アドリアーノは太一たちを外に待たせて天幕の中に入っていった。

テニズもそれに続く。

アドリアーノたちとしては、太一たちをしかるべき場所にて待機させたいところだが、切羽詰まっている様子を見るとそんな余裕などないことは一目瞭然だ。

ならば、客を待たせるのには少々不適切でも、この場で待ってもらった方がいいという判断だった。

◇◆◇◆◇◆◇◆

ここも中は殺風景だ。

まあそうだろう。仕事場だから、装飾品など不要という判断も理解できる。

「テニズか」

一番奥の執務机に、書類に半ば埋もれかけている男がいた。

「会議は今日の予定にはないぞ。それどころじゃないのは分かってるだろう」

そう返事が飛んできた。

時間などない、と言いたげな声色である。

「予定はないし、お前がてんてこ舞いなのも分かってるさ。だが、第二部隊隊長として緊急報告を行いたい」

「何だと？」

テニズの言葉が気になったのか、そこでようやく男が顔を上げた。

そして、一瞬固まる。

「……テニズ、とアドリアーノ」

良く顔を見知った第二部隊の隊長と、ひさしく顔を合わせていない砦《とりで》の守備隊隊長。

彼からすればひさしい顔が、この拠点の二番隊隊長に連れられてやってきたのだ。

「疑問も手放せない仕事もあるだろうが、いったん全て横においてくれ」

大隊長である男から発せられる若干の困惑を受け、テニズはうなずいて言う。

「アドリアーノ」

「ああ。……何よりも先に、この書面に目を通してほしい」

挨拶《あいさつ》も旧交を温めることもせず、アドリアーノは書面を取り出して大隊長に差し出す。

彼はそれを受け取って一通り目を通すと、ひとつうなった。

「そうか……」

大隊長の男はペンを置いて立ち上がり、首をこきこきと鳴らした。

「そこのソファに。おい、飲み物を人数分頼む。ついでに外に待たせているお客人を案内してくれ」

「はっ！」

そばにいた若い侍従に命令を下す。

侍従が駆け足で天幕を出ていった。

◇◆◇◆◇◆◇◆

全員がソファに腰かけて少し。

「改めて、私がここの責任者のフィリップ・シュトルフです。大隊長などと呼ばれていますが別に軍隊ではないので、必要以上にかしこまらなくていいですよ」

お茶が運ばれてくるのを待って、フィリップが挨拶した。

テニズはもちろんアドリアーノも知己のようなので、主に太一たちに向けたものだ。

太一たちも挨拶を済ませると、改めて急遽会議が始まる。

「だいたいのことは、カイエン司令からの書面で拝見しました」

「目的としては、セルティアについて直接この目で見ること。それに伴い、我々の仕事を手伝ってくださるとのことだ」

「……なるほど」

フィリップの言葉を受け、テニズは神妙な顔つきでうなずく。

「重要な客というのは分かった。だが……」

テニズの懸念は分かるとばかりにアドリアーノは口を開く。

「彼らの実力だな？」

「ああ」

疑っているような態度ではない。

砦《とりで》からここまで来られる時点で、ある程度の実力はあると分かっているようである。

ただ、実際に見たわけではないから判断がつかない、ということだろう。

「騎士の平均レベルでは相手にならん。カイエン司令、ジーラス、ウーゴ両副司令も確認済みだし、もちろん私もこの目で見た」

「そうか」

それを受けて、フィリップは太一たちに向き直った。

「本当であれば、やっていただきたかったのは南側陣地周辺の森、および山の調査になります」

重労働だ。

なかなかの大仕事である。

南側陣地周辺の森の探索というが、それなりの位置までは探索班が調べているという。

ただ、どうしても深く侵入するのは危険の方が勝り、そこまでは行けていないのだとか。

「生えてる植物とか動物とか、そういうのだな」

どこに何が生えているのか。その辺りはかたっぱしから採取して欲しいらしい。

世界が違うため、アルティアにはない植生もある。それらの研究は陣地の専門家たちで行うので、ひとまず採取だけすればいいとのこと。

また、魔物および動物についても対象だ。

どんな魔物、動物がいるのか。よく遭遇する種、しない種。強い種、弱い種。その分布。

まずはもろもろの調査ということになるか。

すべきこと自体はそう難しくはない。

「ええ、その通りです。ですが……」

それは、大きな問題が発生していなければ。

通常業務がこなせている状態での話だ。

「週一度の定期連絡が行えていない現状、それらは後回しになります」

日常のルーティンがこなせない異常事態。

まずはそれをどうにかしなければならない。

フィリップは第二拠点に現在第一級非常事態宣言を出しているという。

「その理由ですが、毒です」

「毒、とな?」

「そうです。毒を持つ生物がこの近辺にいることが分かったのです。たびたび、この第二拠点に接近していることも判明しています」

まだ姿ははっきりと分かっていないが、毒の種類は分かっているという。

毒に冒されると身体がしびれる効果があるそうだ。

なぜそれが分かったかというと、第二拠点の近郊で狩りをしている様子を観察した者がいるのだ。

生い茂った草むらの向こうから毒液が飛び出し、鹿型の動物に当たった。鹿は驚いて飛び跳ねたが、すぐに動きが鈍りその場で倒れてしまった。

その鹿はしばらく死ななかったようだが、完全に動けなくなっていた。

毒に冒されたことを考えるとかなり長い時間をかけて、ようやく鹿は絶命した。

それを待っていたのだろう、草むらから鋭い舌が伸びて鹿を突き刺すと、その生物が潜むと思われる草むらに引きずられていった。

そのことから、その生物の毒は麻痺毒。即座に死亡するような毒ではないが、相当強力なものであることは確かなようだ。

全身麻痺によって動きが取れなくなってしまうということは、毒自体に即死効果がなくても致命的だ。

「生物と呼んでますが、正体を見たわけではありません。魔物の可能性が高いとは思っております」

「そうか。魔物だろうと動物だろうとその生物が脅威であることには変わらんな」

「そういうことです」

更に言えば、定期報告を担っていた部隊は身体能力とスタミナ、探知能力、戦闘能力にも優れる斥候《せっこう》集団。

よって、大隊長フィリップの現場判断により定期報告を取りやめ、その毒生物の調査に派遣しているとのことだ。

姿を見せない魔物を臆病と断じることはできない。

慎重かつ狡猾《こうかつ》な性質の可能性もあるのだ。

姿や手の内を見せてしまえばそこから対策もされてしまうと、本能で理解している可能性もあるのだ。

そして。

「この生物の異変に気付いたのはつい先日です。なので、定期報告によって砦《とりで》に連絡することはできなかった」

現在定期報告もせず第一級非常事態としているのは、その生物によって森の生態系に異常が生じ、魔物や動物の動きが変わるのを警戒してのことだった。

魔物はもちろん、動物にも脅威となる種は存在する。そう、下手な魔物より危険な生物だ。

もしもそれらが毒生物を脅威とみなし行動範囲を変化させているのだとすれば。

いつどんなきっかけによって、魔物の異常行動が起きるか分かったものではない。

今はおとなしく狩りをしている毒生物だが、もしも大量にこの地にやってきたとすれば。

「最悪、スタンピードの可能性も考慮せねばなりません」

フィリップは、その毒生物とそれによる影響をかなり脅威に思っている様子だった。

そんなことは起こらない。

そんな想定はありえない。

フィリップはこの第二拠点にいる全員の命に責任を負う立場。

そんな楽観的にはいられないのだろう。

なるほど、そのような事情では、定期報告などできるはずがない。

「今は、その斥候《せっこう》が帰還するのを待っている段階か？」

「そうですね。じきに帰還すると思うのですが」

情報を欲している。

距離があって支援を求めても即応できない砦《とりで》への連絡よりも、今この地にいる者たちを優先する施策を選んだということ。

自身の選択の是非を誰かに聞くつもりはないのだろう。

この事態が収束すれば、おのずと判明する。

それよりも今は、この危難を無事に乗り越えることだと。

「では、この非常事態に向けて、私たちをうまく使って欲しい」

「よろしいのですか？」

カイエンからの依頼というか頼みである。否やなどない。

「無論だ。問題解決を通じて、私たちはこの地、セルティアを見に来たのだからな。といっても、私たちが何をできるか知らなければ、采配のしようもない、か」

レミーアが言ったことは、当たり前といえば当たり前のこと。

料理人に大工を頼むわけにはいかないし、鍛冶師に医療業務をさせるわけにもいかない。

何ができて何ができないのか。

それを知らねば采配のしようもない。

「簡単にだが、説明しようと思う。よろしいかな?」

「お願いします」

レミーアとしても、自分たちの得意分野に関連する仕事を振ってもらった方がやりやすくていい。

馬鹿正直に手の内を明かすのは本来ならば避けるべきことだが、この地にいる以上その辺はすでに割り切っている。

「んじゃ、ひとっ飛び行ってくるぜ」

書面を落とさないようにきちんと所持した太一が、ふわりと浮き上がる。

定期連絡に行けなかったことで共有し損ねたもろもろの情報を書き綴った書面だ。

それを砦に届けるのが、太一が頼まれた仕事である。

空を飛んでいけるということで、適材適所なのは間違いない。

「ええ、お願いします」

「往復の移動時間だけならばたいした時間はかからぬ。向こうが返事にどれだけ時間をかけるかによるが、長くとも数時間で帰ってくることだろう」

音速の半分弱のスピードで飛べば、片道は大体一〇分かからないといったところか。

まず未達の仕事がひとつ片付く。

軽く浮いたままゆっくりと前進していき、街の柵を越えたあたりから速度を上げていく。

風を裂くように、あっという間にその姿が見えなくなった。

「……すさまじいですね」

フィリップはもちろん、アドリアーノやテニズも同じように口をあんぐりと開けている。

太一の能力を初めて見た者がとるリアクションだ。

それもそうだ。

レミーアは太一が飛んで行った方向を見つめながら思う。

飛翔の魔術というのは未だ実現例がない。

レミーアが知る限り、凛が辛うじて疑似的に空に浮いたくらいか。

浮いた、と表した通り、あれは空を飛ぶ魔術ではない。

浮けるだけでも十分すごいのだが、太一のそれとは方法からして違う。

まあ、それだけ太一がいかに桁《けた》が外れているか、ということだ。

風の精霊、同じ属性の精霊の力を操るようになったレミーアだからこそ、太一がシルフィードの力を借りて起こしたあれこれの非常識さが良く分かった。いやそれは、エアリアルの時からそうだったか。

かつての己と比べればできることの多彩さは格段に上がっている。それは純粋に出力が上がったからこそ叶うこともあるだろう。

ただまあ、未だその制御においては道半ば。

研鑽《けんさん》に次ぐ研鑽の険しい道が伸びているのだが。

それはさておいて。

「その毒の生き物とやら、我々で対処できるか試してみるとするか」

「そうですね。やってみましょう」

「タイチがいたら一瞬で終わりますが、それでは、ね」

「うむ、そうとも」

鹿を一瞬で全身麻痺させてしまう強力な毒の使い手。

分かりやすい強さではない厄介さを持つ敵。

太一ならば、圧倒的に上回るパワーで小細工ごと粉砕しどうにかしてしまうだろう。

また、臆病か慎重か分からないが、姿をなかなか見せない相手の探知も問題なくできる。

風か土か水か。いずれの力でも毒を封じ込めて完封してしまうに違いない。

一方のレミーアたちはどうか。

まずは探知だ。

この場所から、探せるだろうか。

「……可能なのですか？」

探ってみると言ったレミーアに対してのフィリップの言葉は、疑問が多分に含まれていた。

まあ、そうだろうな、というリアクションである。

どこにいるかはおろか、どれほど離れているかすら不明の相手を探るというのだ。

「何とも言えぬが、まあやってみる価値はあろうな。ちょうど、私たちの良い修行にもなりそうだ」

探知についてはレミーア、次点でミューラだろうか。

優先順位が高いのはレミーアだ。

風が探知において非常に有効なのは、既に太一が証明している。

土属性でも探知は可能だが、対象が地面に触れていることが必須条件になるので、万能さでいえば一歩後れを取る。

まあ、風の方が優れているとか、土が劣っているとかそういう話ではない。

向き不向きの問題だ。

現に凛に探知は向かない。

だが、氷属性の有用さはすでに証明されている。

精霊憑依《ひょうい》ありきにはなるが、間に合いさえすれば致命傷不可避の攻撃さえしのぐことができるのだから。

「ともあれ、相手がどんな生物なのかが分からなければ探知しようにもないのでな」

「当面は、斥候《せっこう》部隊が帰還するのを待つ形になりますね」

「うむ、そうさな」

「私は探知には向かないと思うので、毒への対処を練習してようかと」

「そうだな。リンはそちらの方が良かろう」

「分かりました」

相手は毒液を吐き出してくる生物。

例えば吐き出されたそれを急速冷凍させるとか。

言うは易く行うは難し、の典型だろう。

まあそれはいいとして、それぞれの精霊が生きる方法を探すのも、契約者の務めである。

せっかく契約してくれたのに、その力を十全に生かせない運用方法しか導き出せないならば、精霊魔術師としては二流三流というところだろう。

こうして実力アップが叶った以上、とことんまで追い求めてやるつもりだ。

そのためには、からめ手を使ってくる相手は願ったりだ。

力押しではなく、様々な方法を試せるいい機会だから。

◇◆◇◆◇◆◇◆

砦《とりで》が見えてきた。

完全な徒歩ではかなりの距離があるが、空を飛ぶと本当にあっという間だ。

空の旅は地球上でも最速の移動手段。

それはこちらでも変わらない。

転移魔法があれば話は別だが。

時空魔導師として名高いシャルロットであれば、あるいは使えるのかもしれない。

「敷地内に直接着地ってのはやらない方がいいよな」

空の移動手段は一般的ではない。

というよりほぼ太一の専売特許だ。

空からというのは知らない状態の相手にやると驚かせてしまうので、砦の近くに着地して後は歩いていくことにする。

数分して到着した。

砦の敷地内で各々の仕事に従事していた者のうち太一に気付いた者は、数時間前に出発したはずの人物が一人戻ってきたことに訝《いぶか》しそうにしたり驚いたりしている。

召喚術師として本格的に歩み始めた太一からすれば、注目自体さんざん受けてきたものなので気にならなかった。

しばし歩き、太一は砦の入り口に到着した。

そのまま建物の中に入り、勝手知ったるとばかりに進もうとしたところで呼び止められた。

「どうなさいました。出発なされたはずでは？」

声の主はメラクだった。

彼は不思議そうな顔で太一を見ていた。

「カイエンさんに用があってな」

「……なるほど、であれば、ご案内いたしましょう」

その方がいいかもしれない。

太一が直接行くよりも、この砦の人間に案内してもらう方がきっと手順として正しいだろう。

メラクに続いてしばらく歩くと、司令官の部屋にたどり着く。

この地に最初に足を踏み入れた時にもやってきた場所である。

メラクがこんこんとノックする。

「誰だ?」

室内から誰何《すいか》する声。

「メラクです。タイチ殿が参られました」

「……入れ」

許可の声がしたのを聞き届けて、メラクは部屋の扉を開けた。

「どうぞ」

「助かるよ」

入室する太一。

どうやらメラクは去るようで、そのまま扉を閉めた。

部屋の中には、カイエンとジーラス、そしてアルガティの三名。

ウーゴはどうやら席を外しているようだ。

カイエンとジーラスは書類に集中しており、アルガティは部屋の隅にある椅子に腰かけて腕を組み、目を閉じていた。

「いかがなさいましたか。他のお三方は？」

出て行ってそう時間は経過していない。

第二拠点の調査という仕事は、日帰りで済むようなものではない。

彼らからすれば任務を与えた相手があっという間に戻ってきた、と言い換えてもいいだろう。

「ちょっと報告しておきたいことがあって、俺だけ戻ってきたんです」

「なるほど？」

報告したいこと。

どういうことか。

要領を得ずに首をひねるカイエン。

さもありなん。

太一は預かっていた書類を取り出した。

「これに目を通してください」

手渡された羊皮紙を見て、カイエンはすぐに何事かを察知した。

「これは……」

「ああ、間違いない。第二拠点のものだ」

中身を見るまでもなく、カイエンとジーラスはすぐにそれを理解した。

というのも、第二拠点からの書面は必ず紫色の紐《ひも》で結ばれているからだ。

ちなみに砦《とりで》が発行する書面を結ぶ紐の色は緑色。

保管すべき書類はいくつもある。

それを管理するのに、どちらで発行された書面なのかを中を見ずとも一目で分かるように、という工夫からだ。

内容によっても仕分けは変わるが、少なくとも整頓の担当者は、紐を見るだけで拠点ごとの分類が可能になる。

紐をほどき、中に目を通す。

定期報告はできなかったが、第二拠点は無事であり、人員や物資の欠損も一切発生していないこと。

定期報告が行えなかったのは第二拠点に脅威が迫っていたから。

脅威というのは、毒の生物。強力な麻痺毒の持ち主で、姿もなかなか見せない相手であるから調査に時間がかかっていること。

毒の生物の調査に、定期報告の人員を派遣していること。

人選が彼らなのは、高い戦闘力も併せ持つ優れた斥候《せっこう》であるから。

そして、毒の生物の調査に、砦から派遣されてきた冒険者たちを新たに採用すること。

羊皮紙にはそれらがフィリップの署名のもとに記載されていた。

つまり、第一の依頼を達成したことの証明にもなる書類だ。

「そうですか、第二拠点は無事ですか」

毒の生物……魔物か動物かも分かっていないような不確定な脅威が迫っていることは理解しながらも、ひとまず第二拠点が無事であることを喜ぶカイエン。

言ってみれば第二拠点はアルティア陣営のセルティアにおける最前線。

拠点の拡大と、新たな開拓を進めていき調査を進める。

言葉にすれば簡単だが、拠点の拡大など易々と行えるものではない。

まさに肝入《きもい》りと言っても過言ではないのだ。

それを脅かす毒の生物。

姿も見えないが厄介であることは分かっている。

そして、たびたび第二拠点にほど近いところまで出てくる。

砦への定期報告よりも、まずは第二拠点の安全確保に動いたということだろう。

「分かりました。では、返答の書面を用意するので、お待ちを」

カイエンは執務机の引き出しから羊皮紙を一枚取り出した。

これから返事を考えるらしい。

さて、暇になったのは太一の方である。

まあ、そもそもが持参した書面をカイエンたちに手渡せば済む仕事だ。

すぐに終わることは分かっていた。

「それでは、今しばらくお待ちを」

「分かりました。適当に砦《とりで》の中を見て回ることにします」

「ええ。準備ができたらお呼びしますので」

さて、しばらくの間時間ができた。

太一は一度ここを退室することにした。

屋上にでも行ってみることにする。

上から砦の陣地の様子を眺めてみようと思ったのだ。

周囲を歩いていた者を呼び止めて屋上への通路を聞き、屋上にたどり着く。

三階建ての砦からなら、陣地全体を見渡すことができた。

欄干《らんかん》に両腕を置いてよりかかる。

この砦を築いた先人は偉大だ。

当然ながら最初期に来た部隊は、何もないところから全てを始めなければならなかった。

自分たちの安全確保のため、この砦を築くことになったのだろう。

そこには並々ならぬ困難もあったはずだ。

困難なプロジェクトに挑む番組が作れてしまうのではないか。

ここに滞在している人々がそれぞれ仕事に従事する姿を見ながら、太一はそんなことを考えていた。

「……なんか用か？」

太一はふと、そんな言葉を発した。

彼の背後に人影ひとつ。

「……」

「……」

返事がない。

用があって来たのではないのか。

そのまま待つ。

しかし、数分経過しても返事が返ってくることはなかった。

「何だ、何も言わないのか？」

太一はついに振り返った。

「なぁ、アルガティ」

彼の背後に立っていたのは、アルガティ・イリジオス。

吸血鬼の王であった。

アルガティは特に言葉を発することもないまま、太一から数歩離れて真横に並んだ。

何か用があるのだろう。

けれども問いかけに応えないので太一からはどうすることもできない。

話す気がないのならばそれでもいい。

いまではない、など考えているのかもしれない。

だとするのなら無理に訊こうとも思わなかった。

改めて屋上から見える景色を眺める。

赤茶けた荒野。奥の方には、遠いためかうっすらとしているものの山々が見える。

反対に目を向ければ、そちらも同様に山脈が。

空を飛んでいるときに分かっていたが、この砦《とりで》は山脈と山脈に挟まれた谷に作られているようだ。

いや、谷というのは少々語弊があるかもしれない。

「どっちかっていうと、盆地かな」

ぽつとこぼす。

四方が山で塞がれていないかもしれないが、まあ些細《ささい》なことだろう。

どちらにせよ、ここはかなり厳しい環境というのは間違いない。

こうして人が拠点を構えていること自体が偉業と言えるだろう。

「少年」

「ん?」

どうやら話す気になったのか。

周辺を見渡して得られる情報をなんとなしに整理していると、アルガティの方から話しかけてきた。

彼との会話を拒むつもりはない太一はすぐに返事をする。

「どうやら、強敵に出会ったようだな」

「ああ……」

アルガティが言っているのは、北の海のことだろう。

やはり知っていたか。

シェイドの側近だというアルガティ。

彼が知らないはずはないと思っていた。

どんな手段かは分からないが、シェイドが太一たちの行動を観察できないはずがないと思っているし、何かトピックがあればアルガティにも共有されているだろうと予想していた。

「辛うじて引き分けた」

辛うじて、だ。

太一がシルフィ、ミィに続き、ウンディーネと契約していたからこそ、仮面の男の撤退まで持ちこたえられたと言える。

本当に強かった。仮面の男が風と火の二柱だけだったから渡り合えたようなものだ。

魔力に関する素質で負け、そして経験値に至っては圧倒的に劣っている。

これでエレメンタルの契約数が互角になったら、太一に勝ち目はないのではないか。

そう思えて仕方ないのだ。

「シェイド様よりお聞きした。少年への憎悪を全ての理由と糧にする相手であったとな」

「そうだな」

太一をずいぶんと憎んでいる様子だった。

なぜそこまで憎まれているのか、その理由を知ることはできなかった。

仮面をしていたので人相までは分からず、相手が男であること、そしてそこまで歳がいっていないことは分かった。

分かったのはそれだけ、ともいえる。

困ったものだ。

間違いなく再戦となるだろう。根拠はないが、必ずもう一度戦うことになると太一は考えていた。

その時に果たして勝てるのか。

きっと、あの仮面の男は実力を上げてくる。

太一は今後、火のエレメンタルとの契約を目指す。

それを成したとき、更に強くなれるだろう。

だが、仮面の男もまた、エレメンタル四柱を揃《そろ》えてきたとすれば。

前回のように精霊の契約数でのごまかしは効かない。

「実力アップが必要だな、少年？」

「……ああ」

その通りだ。

そこが一番の悩みどころだ。

凛たちは自分の限界を突破している。

チャンスを得ようとし、それに飛びつき、挑戦し、手に入れた。

凛たちは一段上のステージに行った。

では、太一は？

確かに太一のステージは彼女たちと比べてもはるか高いところにある。

ただ、仮面の男のステージはそんな太一と今でさえ同じくらいの高さであり、更に数段高いステージが既に見えている。

太一の方は、上のステージはもう一段、更に二段目があるかどうか、というところ。

ステージを登り切った時に、高さに差が出てしまう。

さて実に困った。

実力アップが必要だな、というアルガティの指摘はごもっとも、その通りだ。

だが、太一には具体的にどうすればいいか、案が出てこない。

ただやればいいというものでもない。

せめて効果が出そうだ、と自分で思えるやり方でなければ。

そのアイディアが出ないから、悩んでいるのだが。

「実力アップにはどうするか、その方法の見当がつかぬ、でよいな？」

「そうなんだよなぁ」

頭の後ろで手を組み、はあ、とため息。

多分、これで幸せが少し逃げて行った。

アルガティは太一を見てふっと笑うと。

「まず、少年は認識を改めよ」

と言った。

「何？」

「少年は既に、ひとつ手段を持っているではないか」

「……なんだって？」

どういうことだ。

そんな手段がどこに。

「……あ」

そうか。

ユグドラシル。

太一たちが世界を超えるために一役買ってくれた、世界樹。

そういえばユグドラシルは、「一度だけなら召喚に応じる」と言ってくれた。

確かに、一回の戦闘に限れば、太一は大幅なパワーアップが可能になる。何せ契約精霊が五柱になるのだ。

これはとても大きなプラスだ。

「そうだ。ユグドラシルのやつめの力は、決して四大精霊に劣るものではない。少年にとっても大きな手助けとなるであろうよ」

ありがたいことだ。

そしてこれまで失念していたのは、ユグドラシルに対してとても失礼なことだった。

太一は心の中で、念入りにユグドラシルに謝罪した。

「だがこの手はあくまでも切り札という扱いにすべきであろうな」

「ああ、俺もそう思う」

一度きりのカード。

切ってしまえばそれで終わり。

となれば、最後の最後、後一押し、というところで切るべきカードだ。

ユグドラシル頼みで行くときっと破綻《はたん》する。そんな気がするのだ。

後一押し、という状況までは自分の力で持っていく必要がある。

「そこにたどり着くまで、が問題なのだな」

「ああ……」

きっとここがターニングポイントだ。

太一自身のパワーアップに望みがあるのかどうか。

ふいにアルガティがつぶやいて、屋上から出ていこうとしている。

そのセリフにあまりにも脈絡がなさ過ぎて、太一は思わず素《す》っ頓狂《とんきょう》なセリフを吐いてしまった。

「……何が？」

「良かろう」

「我の方から、シェイド様にかけあってみるとも」

「いいのかよ？」

精霊魔術師になる修行はウンディーネが主導した。

しかし、その修行を許可したのは、世界の管理者であるシェイドだ。

シェイドがダメと言えば、凛たちはいくら修行しても精霊魔術師になれなかったと言える。

ウンディーネは、凛たちのレベルアップはシェイドにもプラスになるからきっと許可するだろうという確信があったと言っていた。

だから、事後承諾という形でシェイドに認めてもらい、更に凛には世界で唯一無二のギフトまで与えてくれた。

今回の太一の件も、シェイドに手を打ってもらうと、アルガティはそう言っているのだ。

「問題ないとも。シェイド様も、少年とあの仮面の輩との戦いぶりを観戦して、憂いておられたからな」

「……そうかい」

少し気まずい。

ふがいなくてすみませんねぇ、という悪態が出そうになるのをどうにか飲み込んだ。

凛たちに協力してくれたことで、太一のシェイドに対する印象はかなり緩和されている。

利用すると彼女は言っていたが、ただ利用するだけではない、というのを行動で示してくれたからだ。

ただ。

太一たちの意思を無視してこの世界に呼んだことを、まだ消化しきれていないだけである。

「仮面には少年をぶつけることになりそうなのでな。我らとしても、負けてもらっては困る」

だが、とアルガティは言う。

「着の身着のままで結果を出して来い、と放り出したところで、望む成果など得られぬものよ。物事は準備の段階で結果の大部分が決まるからな」

そういう話は、かつて太一も聞いたことがあった。

誰かが言っていた。

勝負は準備段階で八割が決まるのだとか。

(あれ、七割だったかな？　まあいいか)

七割でも八割でも、大部分が決まる、というくくりに入るから、意味としては通じる。

テレビかラジオか、そういったものを流し聞きしていた時にふと耳に入ってきたものだ。

だいぶ薄れていた記憶を引き出せただけよかったというものだろう。

「ただし、シェイド様が示されるのはおそらくその道筋のみだ。そこを歩くのは少年である。それをゆめゆめ忘れぬようにな」

「ああ、それはもちろんだ」

道を用意してくれるだけでありがたい。

ひな鳥のように口を開けて餌を待つだけ、なんてことをするつもりはない。

「ふ、分かっているならば良い。ひとまず今のところは、目の前のやるべきことに集中するのだな」

「ああ。助かるよ」

「これしきのこと、どうということはない」

アルガティは屋上から階段を降りようとして。ふと立ち止まって振り返った。

「シェイド様の修行を乗り越えた暁には、満月の夜に万全の我が挑戦状をたたきつける。我にその成果をぶつけてみるがいい」

「げ、覚えてやがったか」

「くっく、無論である。負けっぱなしは性に合わぬ。勝ち逃げは許さぬからな」

「……くそ、避けられそうにないかぁ」

シェイドにかけあってくれるという負い目があり、太一はアルガティとの再戦が確定したことにため息をついた。

光は見えた。それは大きな収穫だ。

それをもたらしたのは、かつての敵、アルガティ・イリジオス。

この吸血鬼の王。下手をしたら仮面の男よりも厄介かもしれないと、今更ながら気付く羽目になった太一であった。

せめてもの救いは、この男には太一の命を取るつもりはない、ということだろうか。

◇◆◇◆◇◆◇◆

準備ができたと呼ばれ、太一は司令室に戻った。

そこでは先程と変わらずカイエンとジーラスが待っていた。

アルガティはいない。

シェイドのところにでも向かったのだろうか。

「お待たせいたしました」

カイエンの執務机の上には、書き終わったであろう書面。緑色の紐《ひも》で結ばれている。

どんなことが書かれているのだろうか。

のぞくつもりはもちろんないが、それはそれで気になるのが人情というものだ。

特に表情を隠していなかった太一。

「特別なことは書いていませんよ」

どうやら内容を秘匿《ひとく》するつもりはないらしい。

太一の表情を読み取ったカイエンは笑う。

「かいつまんで説明しますと……向こうに任せる、こちらへの報告は落ち着いてからでいい、可能であればこちらからも追加の人員を送れるよう努力する……ということです」

妥当なところではないだろうか。太一もそうする。まあ、組織運営や政治には精通していないド素人の意見ではあるのだが。

「あちらのフィリップの方が状況と空気感を分かっているでしょうからね。我々が知らぬところから指示を出してもいいことはありません」

「あー、そうかもですね」

「そうなのです。特に空気感、これがとても重要です。現場で流れている空気を肌で感じること。これがあるとないとでは指揮の精度に大きな差が出ます」

やはり現場にいることが一番大事だ。

実際に戦場にいるからこそ、委細が分かる。

もちろん例外もあるだろう。現場の大勢に流されない位置にいるからこそ、ということもあり得る。

だが、やはり現場にいることに勝るものはないはずだ。

「確かに。俺もそう思います」

太一自身の感情も少し混じってしまうが、太一が指示を受ける側だとすれば、その場にいない者に頭ごなしに命令などされたくはない。まして戦場を知らない者になどなおさらだ。

その場にいない者に何が分かる。

現場で汗と血を流してもいないくせに。

そもそも武器をもって命のやり取りもしたこともないのに訳知り顔で。

等々。

同じ冒険者だからこそ、その気持ちはよく分かる。

そしてカイエンも同じ。

彼も戦うことは既に分かっている。

実際に戦うところを見たわけではないが、大剣を背負っていた時の立ち居振る舞いはまさに戦士のそれであった。

少なくとも飾りで武器を背負っている者には出せない洗練された身体の動き。

武器を装備すれば、心構えが自然と戦士のそれに変化するのだろう。

こうして話していると物腰は非常に柔らかいのだが、いざ戦場に立てば大剣を振り回しながら縦横無尽に戦場を駆け巡るのだろう。

「でしょうな。戦場の空気を分かっていない者が出す命令はどうにもずれていますから」

目の前のジーラスも、この場にいないウーゴも同様だ。彼らについては武器も分からないが、戦えることは分かっている。でなければ、セルティアには来られなかったのだから。

「じゃあ、これは間違いなく届けます」

太一は目の前の書面を手に取り、こちらに来た時と同様、紛失しないようにしっかりと所持した。

「ええ、頼みます」

「第二拠点のこと、よろしくお願いしますよ」

「分かってます。できる限りを尽くします」

絶対に、とは言わない。

絶対などないから。

そんな言葉に信用などない。

敷地内から出て、いざ森へ。

それほど時間はかかっていない。

移動時間も含めておおよそ二時間というところか。

かなりの節約だ。

この仕事をやってみて改めて思うのは、むやみに引き受けて連絡役を押し付けられないようにしよう、ということだ。

「うん。ちゃんと、線引きしないとな」

軽率にも引き受けてしまうと、なし崩し的に何度もやる羽目になるだろう。

今回は緊急事態だったから特別。

そういう扱いにせねば。

逼迫《ひっぱく》した事態以外ではメッセンジャーはやらない。

そんな少しずれた考えを浮かべながら、太一は空に飛びあがる。

行きと同じ門から出て同じ方角を向いたまま飛べば目的の第二拠点からそうずれたところにはいかない。

近づけば、上空から見られるので迷うことはない。

向こうはどうなっているだろうか。

まあ二時間でそこまで大きくは変化していないだろう。

しかしそれも根拠があるわけではない。迅速に戻るに越したことはない。

再び空の旅である。

第八十一話　異世界の裏側で森の調査に

ミューラとレミーアは、お互いを対象に見定めて探知の訓練を行っていた。

一〇分に一度。相手の姿が見えない場所に移動して、そこで精霊魔術による探知を行う。

気配を探ろうと思えばできてしまうのが難点だが、そこもいい訓練方法だ。

意識して探知方法を切り替える。

気配察知に頼らない索敵方法の習得。

レミーアの探知は、太一からヒントを得た索敵だ。

空気はエレメンタル・シルフィードの領域。故に空気に触れていれば探ることができる。

本当に単純ながら、実に強力な索敵方法。

レミーアはそれを真似たのだ。

結論から言うと、ある程度はうまくいった。

ただ、だ。

「むう……受け取る情報が多すぎるな……」

情報の多さに軽い頭痛を覚える。

そうなのだ。

太一がどうやって標的を見極めているのかが分かった。

彼はシルフィと会話が出来るからだ。

それならばピンポイントで絞り込めるのも無理もない。

取捨選択を精霊の方でやってくれているのだ。

実にうらやましいことだ。

闇の精霊シェイド曰く、最も適性があったのが太一だったからこの世界に招いた、とのことだ。

しかし召喚魔法の力は、太一が望んだものではない。

魔術の習得時には楽しそうにしていたが、そうやって切り替えないとやっていけなかったのだろう。

召喚術師としての力も、元々太一が持っていたものだそうだが、この世界に来なければ生涯活きることのなかった才能。

そもそも魔術については、才能といういかんともしがたい要素によって構築されている。

太一がいなければレミーアとて恵まれていたのは否定のしようがない。

「それに、私のこれは後天的なものだからな」

得るはずのなかったものをもらえた。それだけで人生で最大の幸運だったろう。

レミーアは、契約精霊のブリージアと会話することはできない。

そんなのは当たり前だ。

太一が特別なだけである。

「いや、止めよう」

自分がどれだけ恵まれているかは、もはやこれでもかというほど考えた。

どうもうまくいかないと思考が益体もない方に逸れていけない。

精霊魔術師となってからだ。こうしてうまくいかず立て続けに壁にぶつかるのは。

「駆け出しの頃を思い出すな」

一〇歳の頃には頭角を現していたレミーア。

確かに才があったことは否定しない。

環境に恵まれたことも否定しない。

しかし順風満帆だったわけではない。

何もかもがうまくいったわけではない。

何度もつまずいた。若い時だけではなく、ある程度年を重ねるまで。

円熟の域に達してきたここしばらくはなかったので、精霊魔術師になってからのつまずきは久方ぶりの感覚だった。

一つの壁を越えられず、視点を変えるために別の道を行こうと振り返れば、真後ろにも壁ができている。

「まったく張り合いがあるというものだ」

試行錯誤の繰り返し。

通常の魔術でも似たようなことはできなくはない。

ただ、性能には劇的に差が出た。

精霊魔術における探知可能範囲は、自前の魔術の数倍に及ぶ。

圧倒的な性能差と考えて良く、これを使わない手はなかった。

まずはブリージアにきちんと意思を伝えきれていないことが要因と仮定して精霊魔術に没頭していく。

仮定が間違っているならばそれでもいい。また次の仮説を考えて実行するだけだからだ。

◇◆◇◆◇◆◇◆

「うまくいかないものね……」

ミドガルズから情報を得ることはできている。

しかし、判然としない。

今のところ分かるのは、どこに生き物がいるか、ということだけだ。

そう、生き物がいることしか分からないので、探知した生き物が人間なのか動物なのかも判別できない。

精度はある意味で高く、ある意味で低い。

地面からミドガルズが得る情報をもらっているのだが、無理もないとも思う。

地面に触れている相手の居場所を探ることはできる、というのは、ミィの探知について太一と会話したときに知った情報だからだ。

それを再現できないか、と思ったのでトライしているところだ。

ただ、探知の精度はシルフィの方が高いという。

地面の中にあるならば、無機物や有機物、生き物問わずミィの独壇場なのだが、地面に触れているだけの相手を探る場合は、そのシルフィには及ばないということだ。

エレメンタルでもそうなのだ。エレメンタルに及ばないミドガルズでは同じことはできなくて当然。

まして精霊魔術師と召喚術師という差があるのだ。

「それでも、やらない手はないわよね」

ミューラの土魔術では、正直地面に触れてさえいれば相手の居場所を探る、なんてマネはできなかった。

鍛え上げた自身の五感に頼って気配を探った方がよほど良かった。

ミドガルズの探知を使っている理由は、自身の気配探知が及ぶ範囲よりも、ミドガルズの探知の方が範囲が広いからだ。

これが少し範囲が広がる、程度ならば挑戦しようとは思わなかった。

探知をレミーアに任せ、ミューラは土属性の得意なことを磨こうとした。

だが実際は少しどころではなく、数倍という規模で広がるのだ。

空を飛んでいたり樹木の上にいたりしない限りは、土の地面でも岩でも探ることができる。

だから、この探知の性能が上がれば上がるほどプラスになるのだ。

今はどこに生き物がいるかしか分からない。

現在の肌感では、精度をどれだけ向上させても、対象の種までは分からないと思われる。

二足歩行だから人間、というのは分かるかもしれないが、ゴブリン辺りは精度を上げなければ人間と間違えるだろう。

四足歩行の生き物ということは分かっても、それが肉食なのか草食なのかも分かるまい。

それでも、探知した相手の大きさまで判断することができたら、大きなプラスになる。

「簡単そうに思えるのだけど……」

頭の中で何をやりたいかを反芻《はんすう》してみると、別に難しいことをしようとはしていないことが分かる。

ただ、やる前には簡単そうに思えても、いざやってみるとかなり難しかったというのは珍しいことではない。

「どの道、あたしの気配察知も、相手の気配を知っていたりしないといけないものね」

知ってさえいれば、対象が見えていなくても気配だけで何者かを判断することはできる。

それはミューラ特有の技能ではなく、気配察知を得意とする冒険者ならば同じことは可能だ。レンジャーやスカウトといった役割を持つ冒険者などは特に気配察知には強い。

後は対象が敵意や殺意を抱えているかどうかくらいか。

ミューラは自分の気配察知能力に不満を覚えたことはない。

それでも、範囲が広がるというのならばぜひとも身に付けたい。

「後は、情報の選別ね……」

今はミドガルズが得た情報全てが共有されている。

それこそどんな情報も一緒くたであり、今後のことを考えるならば必要のない情報は拾わないということも大事になってくる。

実運用するのに、この情報は必要でこの情報は不要、と仕分けしている暇はないからだ。

ではどこから手を付けるか。

ハードルが高くないところから始めたい。

何かを習得するとき、まずは難易度が低いところから始めて徐々に応用に進んでいくのはカリキュラムとして順当な手段だ。

「まずは、二足歩行だった場合のみ情報が拾えるようにしましょうか」

それでやってみて、難しければ大きさで選別、というのをやってみようと思う。

できるかできないかで悩んでいるのは無意味だ。まずやってみるのがいい。

それはこれまでの修行でも感じていたことだった。

さっそく、どうすればそれを実現できるかを考えるところから始めよう。

◇◆◇◆◇◆◇◆

水の玉を浮かせて、凍らせる。

ということを、本当はやりたかった凛であったが。

今彼女が取り組んでいるのは、魔力操作の訓練。

修練場にて水魔術で広範囲に霧を生み出し、それを一気に凍らせるのはできた。

ただ、自前の水魔術でできることなら、自前の氷魔術でもできることに気付いたのは、過剰な精霊魔術を放ってしまった後である。

誰かにダメージを与えたり、何かを壊してしまったわけではない。

ただ、かなりの広範囲に魔術の効果が出たことは分かった。魔力もごっそりと失ってしまったが。

これならば、どれだけ広範囲に毒霧をまき散らされても対処することは可能だろう。

むしろ、制御できていない自分自身に問題があると判断したので、魔力操作の訓練に勤しんでいるというわけだ。

ずっと根気よく続けていたため、それなりに効果は出てきている。

今すぐ完璧にはできない。

そのうえで、毒の対処を精霊魔術で、凛の思う通りに対処できる、という結果を目指して地道に訓練を続ける。

「もうそろそろ太一が戻ってくるかな」

太一が砦《とりで》に向かって既に数時間が経過していた。

おそらく往復の所要時間は大したことはないから、ほとんどは向こうでの説明や書類の手続き、準備の時間と思っていいだろう。

訓練に集中はしている。

そのうえで、他のことを考える。

レミーアはいわゆる「ながら」で魔力操作の訓練を行っているのを知った。

今の凛からすれば、あの精度を保ちながらのながら訓練は高みだ。

ただ、今の自分には過ぎた高みだからとやらなければいつまで経っても到達できない。

いつかたどり着く、なんて悠長なことを言うつもりはなかった。

できることなら次の瞬間にはたどり着きたいし、そこまではいかなくても何かをつかみたい。

そのきっかけはどこに落ちているか分からない。

ある時ふと、「こうしたらいい」と天啓のようなものが下りてくることだってある。

「そろそろ切り上げないとね」

魔力をより小さくする訓練。

身体の中でこねくり回してイメージ通り形を変える訓練。

強化魔術ではない、魔力強化によって身体の任意の部位を強化する訓練。

ありとあらゆることを、考え事をしながら試していく。

魔力をより小さくする訓練だが、ウンディーネの領域にいた頃に比べたら幾分かは小さくなった。

まあ、といっても甘めに見て一割減というところか。

たったそれだけ、とみることもできるが、凛としては大きく進歩していると思っている。

身体の中で形を変える訓練。これはあまり困ることはなかった。

ある程度のものは作ることができたのだ。ただより細かいものになると難易度が飛躍的に上がる。

現在取り組んでいるのは自身の杖の形を模すこと。これはなかなか意匠も細かく、魔力で形作るのは難しいのでいい訓練だ。

そして魔力強化。

太一にならってのことだが、これが難しい。太一はずっとやってきたからこそ出来るのだろう。

ある程度はできる。しかし太一のように細かく素早く強化箇所と強化の度合いを切り替えるというのはうまくいかない。

これもよい訓練になる。

魔力を絞る。

要は制御力。

魔力を体内で形を変える訓練も魔力強化の訓練も、魔力を絞る、というものではない。

しかし制御の訓練になる。

思い通りに魔力を動かす、その精度に難があるからなのだ。

きっとどこかでつながっているはず。

蛇口の開け方の加減だけではなく、水をどんな形の器に注ぐのか、水をどう流すのかということだ。

そうして自分と静かに見つめ合っていると。

第二拠点の一か所が騒がしくなった。

今凛がいるのは第二拠点の敷地内、西側の端。騒がしいのはどうやら東の方だ。

砦《とりで》の敷地ほどではないとはいえ、第二拠点もそれなりの規模である。

当然距離も離れているのだが、凛はその騒がしさに気付くことができた。

考え事をしながらも、思考が研ぎ澄まされていたからだろう。

これは太一ではない。

ということは。

「斥候《せっこう》に出てた人たちが戻ってきたのかな？」

おそらくはそちらだろう。

太一の帰還も近いはずだ。

「ということは、動き出しそうだね」

凛は立ち上がり騒ぎが起きている方向に向かおうとして方針転換。

大隊長の天幕の方に向かうことにして歩き出した。恐らくはそこに情報が集まると判断してのこと。

当然、歩きながらも魔力操作の訓練は続けている。

色々と方法は試しているし、魔力操作も少しずつだが確かに向上しているという手ごたえもある。

ただここ最近における一番の収穫は、ながら作業でも魔力操作の訓練を続けられるようになったことだと、凛は思うのだった。

◇◆◇◆◇◆◇◆

慌ただしい時間がようやく落ち着いた。

凛が予想した通り、あの騒ぎは斥候部隊が帰還したために起きたものだった。

全員大きな怪我《けが》はなかったものの、調査にはかなりの時間を要したのでくたくただった。

具体的には持ち込んだ保存食を使い切り、食料を現地調達しなければならなくなるくらいに。

彼らが帰還してから二時間ほど経過した頃。

凛、ミューラ、そしてレミーアはフィリップの天幕に集まっていた。

その二時間で報告を聞き、フィリップを中心に内容を整理しまとめたのだろう。

「……と、以上が斥候《せっこう》部隊からの説明になります」

フィリップの部下の青年が報告書を読み上げる。

「ご苦労」

フィリップは事務処理を担当する部下を後ろに一歩下がらせた。

どうやらそれで全てのようである。

文官が読み上げたのは、斥候が得た成果をまとめたものである。

彼らが見てきたのは、かなり大きな四足歩行のリザードらしき魔物とのことだ。

体長は少なくともフィリップの天幕以上。この天幕は奥行きで一〇メートルはあるので、相当な大きさだ。

鱗《うろこ》のような肌は紫色。

肋骨《あばらぼね》は鎧《よろい》の代わりでもあるのか肌に露出している。

前足と後ろ脚はまるで大木のよう。

背中には左右に穴が二つあり、そこから毒が時折噴き出ていた。

目は正面にひとつだけ。

口は縦にはそこまで大きく開かないが、横には非常に大きく開く。

そこからはまるで槍のごとき強固な舌が矢のように打ち出され、食糧らしき肉食獣の死骸をたやすく貫通して一息に口まで運び、丸ごとばりばりとかみ砕いて喰らったという。

その肉食獣は凶暴さと優れた身体能力、そして森に適応した生態から、この第二拠点でも要注意とされているフォレストタイガーである。

少なくともそんなフォレストタイガーをものともしない強さを誇っていることは間違いない。

毒を吐くところは観察できなかったということだ。

口の端から毒の煙が時折漏れていたので、毒を吐くのは間違いないようだが、フォレストタイガーは毒を使うまでもない相手のようで、どのように吐くのかは判明しなかったと。

毒液を吐いてくるというのは分かっている。他にパターンはないのか、ということだが、どうやらそこまでは分からなかったとのことだった。

「ふむ。残念だが、それ以上を求めるのは酷というものか」

肉体的にもボロボロだったが、とくに精神的な摩耗具合がすさまじかった。

さすがにこれ以上はのぞめない。

誰一人欠けることなく、怪我《けが》もせずに帰還したことをフィリップは心から喜んでいる。

そんな状況であるから、斥候部隊の成果にもう一押し欲しかったものの、それを言葉にするのは避けるレミーアだった。

「なるほど、話を聞けば聞くほど、厄介ですね」

「そうね、特に身体の大きさね」

毒というポイントに目が行きがちだが、単純に大きな体躯というのはそれだけで脅威だ。

パワー、スピード、タフネス。

分かりやすくシンプル。

だがそれが強い。

「この天幕よりも大きいだろう、とのことだが……」

レミーアはくるりと、今自分がいる天幕を見まわした。

「そうですな。最低でもこのくらい、実際は一回りではきかないくらいに大きいとみるべきでしょう」

「ああ。私も同意見だ」

何せ、遠目からしか見られなかったというのだ。

斥候《せっこう》としての直感で、これ以上近づけば見つかる、というギリギリまで近づいた。

仮に気付かれていたとしても、同様にそれ以上近づいていたら、外敵ということで排除対象となっていただろう。

そう考えると、調べてきた内容はほぼ満点に近いのではないか。レミーアはそう考えていた。

「ふむ。……おそらく、私たちでも排除は可能だろう」

「本当ですか!?」

「このようなことで嘘は言わぬよ」

同時に、簡単ではないというのが話を聞いただけでも分かった。

この毒の魔物が過小評価されているかどうかにもよるが、実際は思っていた以上に厄介、ということは往々にしてある。

「ただまあ、楽勝、とはいかぬが」

「それは当然でしょうな。我々も楽観などできませぬ」

「タイチがいれば楽勝になるのだがな」

「それほどですか……」

それはそうだろう、という凛とミューラの表情が、レミーアの言葉に信憑《しんぴょう》性を持たせた。

「私たちで戦うことも考えないでもなかったが……」

「……？」

先程からにおわすような発言が続いていることに、フィリップは首をひねる。

何かの伏線なのか。

何を示唆しているのか。

その答えは、すぐに示された。

「入りますよ」

天幕の入り口をまくって、太一が姿を見せた。

「あ、おかえり。太一」

「ああ。ただいま」

なるほど。

フィリップはそう納得した。

どんな手段を使ったか分からないが、太一が戻ってきたことを察していたらしい。

「ご苦労様でした」

「無事に届けてきましたよ」

「それは何よりです」

「これをどうぞ」

太一はごそごそと懐を探り、書面を取り出してフィリップに渡す。

緑色の紐《ひも》で結われているそれを見て、間違いなく砦《とりで》のものだとフィリップは理解した。

「ありがとうございます」

フィリップはそれをほどいて中に目を通す。
書いてあることはシンプルだ。
定期報告が出来なかったことに対するおとがめはないこと。
第二拠点に迫る脅威を取り除くことに全力を尽くすこと。
毒の生物に関する全ての指揮決定権を第二拠点に持たせ、砦からの干渉はしないこと。
定期報告の再開は、脅威が取り除かれてからでよいこと。
それらがカイエンの名前で記載されていた。
「……これは実にありがたいことですな」
まさに欲しかったもの。
フィリップではできなかったこと。
努力はしたのだ。
どうやったら砦と連絡が取れるか。
何度も検討を重ね部下と協議もした。
あらゆる方法を模索し、努力はしたが、どうしても無理だったのだ。
それを、太一はここに来てから半日足らずで、たった一人で達成してしまった。
空を飛んだのを目の当たりにした時は夢でも見ているのかと思ったフィリップ。
しかし今、この手には砦のカイエンからの書面がある。

フィリップの常識にないのだが、しかし目の前のこれは現実だ。

「なるほど……これほどのことができるのならば、毒トカゲなどものともせんでしょうな」

普通に歩けば片道二日かかる距離を、たった数時間で用事を済ませて往復してしまう。

これだけの力があるのだ。自分たちでは及ばないことでも、きっとできてしまうのだろう。

「であろう？」

レミーアはフィリップにうなずいてみせる。

「タイチ。例の毒の生き物の件、姿かたちが分かったわよ」

「マジか」

「うん。それで私たちもここに呼ばれてたんだ」

「なるほどな」

凛とミューラが、先程話を聞いた毒の生き物の特徴を太一に共有する。

話を聞いた太一は。

（……だってさ。該当するやつ、いるか？）

『……ちょっと待ってね』

心の中でシルフィに問いかけて、数秒後。

『見つけた。これかな』

（どうだ？）

『言うまでもない、ってとこかな？』

（そっか）

シルフィとやり取りをしていると、凛もミューラも理解している。

本当に数秒にも満たない時間ではあったが。

「見つけた」

「……は？」

フィリップの素《す》っ頓狂《とんきょう》な声。

まあ、仕方ない。

太一と関わるとこうなる。

経験則で分かっていたことだ。

「まあ、見つけられるんですよ、俺は」

「……了解しました。そうなのでしょうね」

フィリップは、太一が空を飛んで行くことのできる力の持ち主であると思い出した。

そして、空を飛べるというフィリップの理解の及ばない人物なのだから、そういうこともあるだろうと考えることにした。

「……ふう。相変わらず理不尽だな」

自分でも見つけらないかと挑戦したレミーア。

結局うまくいかなかった。

太一がさらりと行っている索敵。

いざ自分でやるとここまで難しいとは、と思い知っていたところだったのだが。

「そこはがんばってもらうとして。所感としては、俺なら問題にならないそうだ」

「うん、知ってた」

「そうよね。タイチでダメな相手なんて、そういるはずがないもの」

ミューラの言う通り、太一でダメな相手が出てきてしまうと、どうしようもなくなってしまう。

ただ、そんな敵はごく少数。

滅多なことでは出会わない。

「と、いうわけで、倒すだけならすぐにでも討伐可能です」

「そ、そうですか……」

常識にないことが目の前で繰り広げられる。

しかも連続で。

もうフィリップは限界だ。

頭がショートしそうだった。

「今日はもう夜になるので、明日にでも討伐に行こうと思います」

「……分かりました。では、お願いします」

フィリップは考えるのをやめたようだ。

もう任せてしまうのがいいだろう、という判断だ。

これを受け入れるには、少し時間が必要だったのだろう。

今すぐにはいそうですか、とシンプルに受け止めることは、できなかったのだ。

「タイチよ」

「ん？」

「まずは、私たちで対処できるかやってみたいと思う」

「分かった」

太一も、三人が懸命に努力に努力を重ねているのを知っている。

最近はむしろ、その姿に触発されて後押しされるように、太一の方も自主トレーニングに精が出るようになってきているのだ。

毒を吐くオオトカゲは、鍛えた力を試すいい試金石になるだろう。

凛とミューラを見る。

二人とも、太一を見てうなずいた。

「なら、やばくなるまでは俺からは手出しはしない」

だから任せる。

そういうと、三人はうなずいた。

シルフィの案内で、森の中を進んでいく。

どうやら道のりの六割ほどを消化したようだ。

第二拠点の周辺はそれなりに人の手が入っているので歩きやすかったが、ここまでくるともはや自然そのもの。

文明に身を置いて生きる人間を受け入れる環境ではない。ここに溶け込むにはよほどの慣れが必要だろう。

実力があるのは当然だ。むしろ前提条件になる。

周囲には野生動物、魔物の気配も普通にある。

ここに生きるそれらに相対して生き延びられる力があった上で、更に慣れが必要、ということだ。

何度となく襲われ、撃退してきたが、魔物はもちろん野生動物もかなり強い。

魔物に対抗できるだけの動物なので、当たり前と言ってしまえばそうなのだが。

「ふむ、まだまだかなり遠いな」

半分は消化したがまだまだ距離がある。

太一のその言葉を聞いて、レミーアは腕を組んだ。

そろそろ日が暮れる。

全員疲れているわけではないが、夜の森は完全に自分たちの領域ではなくなってしまう。

行軍はこの辺りで切り上げるのがいいだろう。

「じゃあ、少し拓けたところを探しましょうか」

「そうだな。よし、ミューラ」

「はい」

師に何を求められたのか即座に理解したミューラは、地面に手を当てて探ってみる。

ミドガルズに、「一番近い拓けた場所」を探してもらうのだ。

「あっちの方にありそうです」

はっきりと明確には受け取れないものの、大まかな方向は把握できる。

ミューラの案内に従い、方向を変えて進む。

ほどなくして、拓けた場所が進行方向右斜めに見えてきた。

少しずれたが許容範囲内。

全く見当違いの方向でもない。精度はこれから追求すればいいのである。

「よし、じゃあちゃちゃっと作っちゃおうかね」

腕まくりをした太一は、拓けた土地に手を向ける。

すると地面の土がせりあがり、瞬く間に四角い箱が出来上がった。瞬時に土は石に変化し、簡易な小屋の完成。

中に入ると、三つの部屋。

部屋の一つには寝台が三つ。もう一つは居間と寝台。

水回り……簡易な身体を清めるためのユニットバス。

なお、トイレは深く掘った穴に落として埋める方式だ。間に合わせなのでさすがに水洗まで用意する気はなかった。気はなかった、というだけで、やろうと思えば用意できるのは付け加えておくとしよう。

扉はあるが、魔物や動物の襲撃に対処するため窓はなし。なので明かりは自前で用意する必要があるものの、松明《たいまつ》などはあるし、場合によっては周辺から集めてきてもいい。

太一は簡単に作り上げたが、ミューラとしてはもう目を丸くするしかなかった。

当然ながらその強度は折り紙付き。この壁を破って侵入できる者などそういない。

「うむ。これなら安心して寝られるな」

「寝床は硬いけどな」

「森の中で見張りがいらぬというだけでも十分だ。これで文句を言えばバチが当たるというもの」

その通りだ。

寝床など、どうとでも工夫はできる。

森の中で一夜を明かすというのがどれだけ危険なことかはよく分かっていた。

その警戒が要らないというだけで、ゆっくりと身体を休めることができるのは間違いない。

更に水浴びまでできて、用足しさえ危険がない。贅沢極まりないというものだ。

そう。

第二拠点で土地だけあればいい、というのは、太一の力ならば家の一軒くらいの建築はわけがないからである。

まだ第二拠点には家を建てていないので、毒トカゲを退治して帰還したら改めて建築する予定だ。

そちらの家なら、水洗のトイレを作ってもいいか、と思う太一である。

また、他の人員のために家を建てても構わないか、とも思っている。

相当大きな屋敷でも作らない限り、魔力などそこまで多量には消費しないのだから。

自分たちの居場所を考えればこれ以上ない立派な家で寝られるので、凛とミューラは張り切って周辺の森に散り、一夜を明かすための採取を始めるのだった。

◇◆◇◆◇◆◇◆

一夜明けて。

ちょうど朝食を終えたところだ。

寝台に草や葉っぱを敷き詰めることで、毛布だけでもだいぶ良く眠ることができた。

部屋の壁は相当分厚く作ったので、保温性も抜群。

唯一いえるのは明かりがないので昼夜問わず家の中はまっくら、という点だが、太一以外の三人が火魔術を扱えるので誰も気にしない。

「さて、片づけたら行くとするか」

狩った動物の肉と食べられるきのことデザートの果物という朝食。

食べられるものと食べられないものの判別は、出発前に第二拠点で教わっていたので、問題なく採取と狩りができたのだ。

昨晩も似たような食事だったが、野営において温かいものを食べられるというのは最高の贅沢と言える。

食後の一休みをしたところで、誰ともなく立ち上がって準備を済ませる。

今日で、標的のところまでたどり着けるだろう。

「よし、じゃあ片づけるか」

全員が出たところで、太一が一晩世話になった家に手を向ける。

どうやら昨晩のうちに魔物や動物が近づいてきていたようで、家の周囲には人ならざる生き物の足跡がいくつもあった。

家自体には傷一つないので、攻撃を加えられたのか、ただ見かけないものを不思議がって見に来ただけなのか分からなかったが。

一晩の宿となった家は、その形を瞬く間に崩していき、やがて完全に土と同化した。まるでそこに、最初から家などなかったかのように。

「では……ブリージア」

レミーアもまた、ミューラと同様に細かい情報までは受け取れない。

大雑把なものになってしまう。

ただ、今回は巨大な生き物がいる方角が分かればいいので、レミーアとしては探索の実験にはちょうどよかった。

出発時に太一が案内を行ったのは、さすがに距離がありすぎてレミーアでは精度が低くなりすぎて分からなかったからだ。

半分の道程を進んだ今ならば、レミーアでも十分に分かる。

「あちらだな」

昨日野営を決めた場所まで戻ればいい、とはいえそれでは訓練にならない。

方角を変える時点で近くの木に傷はつけてあるため、少し時間をかければ戻ることはできるのだが。

レミーアが指し示した方向に従って進んでいく。

太一がこっそりシルフィに確認したところ、合っているとのことだ。

よほど見当違いな方向に進まない限り、太一は口を出さないことにしている。

全ての戦闘や探索が、凛、ミューラ、レミーアにとっては実地訓練の機会となる。

それを奪ってしまうのはあまりにももったいない。

レミーアの先導に従い進んでいく。

散発的にやってくる襲撃をやり過ごしながら進むこと半日弱。

ついに標的目前までやってきた。

夜が近いようで、わずかに暗くなり始めたところか。

太一たちの現在の居場所は森の中。

もう少し歩いて森を抜けた先は拓けており、湖があった。

「……あれだな」

何を指しているのかは考えるまでもない。

湖の畔《ほとり》にいるのは、体色が紫の巨大なリザード。

かなりの巨体、と斥候《せっこう》部隊からの報告にあったとおりだ。

立派な体躯を誇っている。

どうやら寝ているようだ。

太一たちに気付いた様子はない。

「ふむ、好都合か？」

と、レミーアが言った声が聞こえたのかどうか。

リザードは目を開けて動き出した。

さすがに小声も小声だったので、聞こえてはいない様子である。

周囲を観察している様子を見せているが、こちらには一切視線を固定したりはしない。

もちろん、こちらには気付いていないだろう、という楽観的予測に基づいて動くつもりもない。

凛もミューラも同様だ。

かのリザードは巨体と麻痺毒という強力な武器を二つも携えていて、狡猾《こうかつ》に狩りをするのだと聞いているからだ。

気付いていない様子も、そう見せているだけでブラフの可能性も捨てていない。

斥候《せっこう》たちもこのくらいの距離で観察していたそうで、その際は一度も攻撃をされたことはないそうだから気付いていない可能性の方が高そうだが。

「狡猾なのはそうなんだろうけど、自分の力に自信もあるんだろうな」

物陰に隠れるのでもなく、巣を作るのでもなく。

ただその巨体を湖畔に横たえて寝ていた。

つまり自分が強者であるという自覚があるか。

「あるいは、身体が大きすぎて隠れる場所を用意するのが大変だから？」

凛は太一の言葉に付け加えた。

「そんなわけ……いいえ、意外とありそうね」

見た感じ、シカトリス皇国で戦ったアスピラディスに勝るとも劣らない体長だ。

それだけの巨体を隠す場所の用意は大変そうである。

だから巣を作らない。

なるほど筋は通っていた。

「さて、ヤツに暗闇に紛れて、などは無意味だろうな。ならば、待っても今仕掛けても変わらないだろう」

「そうですね」

「はい」

リザードに限らず、魔物は五感に頼らないことがままあるのだ。

もちろん視覚や聴覚、嗅覚も鋭敏なのだろうが、それ以外の感覚も優れているものだ。

であれば、視覚だけ奪っても無意味という結論になるのは必然だろう。

凛、ミューラ、レミーアは改めて作戦の再確認をしている。
既にいくつかのパターンについては、ここにたどり着くまでの道中で決めている。
その最終確認というわけだ。
そして当然、太一はそれには参加しない。
戦闘にもだ。
太一が手を出す時は、問答無用であのリザードを倒す場合のみ。
「……よし、始めよう」
まず動くのはレミーア。
火球を湖の上空に生み出し、それを落下させる。
着弾して炸裂するタイプの『ファイアボール』だ。
その魔力の動き。
そして湖面の爆発。
リザードは一気に警戒態勢に入った。
続いてミューラ。
リザードの片足を中心に直径五メートルほどの穴が開き、足を取る。
そして凛が、氷の矢で胴体に大穴をうがった。
即死には至らなかったようだが、大きなダメージになったようでリザードが大音声《だいおんじょう》で叫んだ。

「……っ。広すぎるわ」

「私も、あんなに大きくするつもりはなかったのに」

もっと範囲を抑えるつもりだったようだが、狙い通りの制御はできなかったようだ。

「では、私だな」

レミーアが風のギロチンを落とす。

リザードの首を一撃で吹き飛ばし、幅一五メートルにもなる亀裂が地面に走った。

「過剰だな。まあ、仕方あるまい」

想定よりずいぶん大きくなってしまったが、これもまた経験である。

ともあれ、戦った感触としては。

「ふむ、精霊魔術がなかったとしても、勝てない相手ではなかったな」

手ごたえとしてはそんな感じだ。

強さとしてもアスピラディスなどと同じ程度だ。

精霊魔術の練習だったのでそちらを使っただけである。

それで済むかと思ったのだが……。

「むっ」

「ん？」

「これは……」

三人が何かに気付いたように周囲を見渡す。

太一はずっと周辺の様子も共に探っていたので気付いていたが、そこは探知範囲の違いなので仕方ない。

『GYAA!!!』

更に二体のリザードが現れたのだ。

今しがた三人が倒した個体に比べ、一体は一回り小さく、もう一体は更に二回りほど小さい。

「なるほど、つがいだったのね」

それぞれが別の方向よりやってきたことから、あの叫び声を聞いた瞬間にこちらに駆け出してきたのだろう。

「どうやら、それだけではなさそうだぞ」

「……本当ですね」

そう。

このリザードとそのつがいは、この周辺の食物連鎖の頂点に君臨していたのだろう。

それが倒された。

他の魔物や動物にとってもチャンスが巡ってきたということだ。

つまり、これから起こるのは。

「……縄張り争いか。しかし、好戦的だなぁ」

とはいえまだ二体もリザードは残っているのだ。

おそらくメスとその子供なのだろうが、それでもそこまで力は変わらないはずなのだが。

普通ならば、オス一頭が倒された程度でその生態系が崩れたりはしない。

そういう常識を持っていた。

しかし、ここではそれは通用しないらしい。

それはこの世界全体でのことなのか、それともこの地域のこの森だけのことなのか。

ここの魔物の生態について知らないので判断はできないが、事実として魔物や動物が集結してきている。

「リン、ミューラ。乱戦になるぞ」

「はい」

「分かりました」

魔物や動物は四方八方からこちらに向かってきている。

「……森の中で戦いにくいなら、平地に出るのもありだろう」

レミーアは杖を構えつつ言った。

そう、森の中というのは障害物もあまたあり有利に事を運ぶこともできるが、足かせにもなってしまう。

そうなるくらいならば平地で戦うという選択も十分ありだ。

「うーん、俺もやるか」

さすがに数が多い。

最初の訓練という目的は達した。

「おかわりとこの縄張り争いは想定外だもんな」

こうして集まってきてしまった以上、さすがにこれを逃すのは拠点にとっても良くないだろう。

ある程度間引くこともできるのだから、それをやらない手はない。

凛とミューラ、そしてレミーアが森から飛び出していく。

その二人を追って、太一も森から出るのだった。

第二十六章　セルティアの神殿

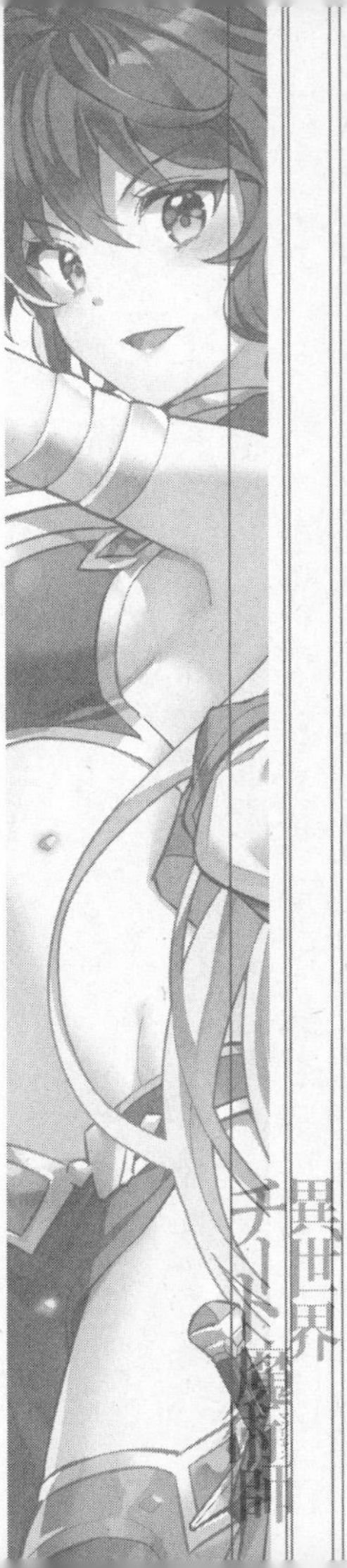

第八十二話　続・調査　森

戦果を携え、太一たちは拠点に戻ってきた。

紫の毒リザードだけではなく、それが排除されたことで集ってきた大量の魔物を狩ることになった。

それらは貴重な素材や資料になるのは間違いない。

ないのだが、さすがに数が多く全てを持ち帰ることはできない。

なので種類ごとに比較的状態がいい死骸《しがい》を一体ずつ確保。それ以外は討伐したことが分かるように部位だけを。冒険者の流儀と経験に従い、ここなら討伐証明部位になるであろう箇所を切り取った。

更に食肉が可能な魔物についてはできうる限り確保を行う。

そして最後に。

件《くだん》の毒リザードは巨体なので、一体の頭部を切断して確保し、それ以外は湖から離れたところに埋葬した。湖が毒に侵食されてしまわないように。

それら全ては、太一が土の魔法で石の箱を作成してそこに格納した。それぞれ個室を作って、だ。

そういう細かい操作は太一にとってはたやすい。

毒リザードはもちろん、それ以外の魔物や動物の血が不用意に混ざらないよう、分別しやすくなるようにしただけである。

箱は全部で二つになり、どちらもかなり巨大になってしまった。太一の身体よりもかなり大きい。

だが、これを持って帰るのは別に難しいことではなかった。

「じゃあ、俺はこれを担いで飛ぶから」

石の箱を二つ重ねて固着させ、下から持ち上げる。

バランスが難しいが、ミィの力で膂力《りょりょく》もアップしている太一ならば持てないことはない。

「うむ」

凛たち三人は、往路と変わらず森の中を進む。

三人についていくように飛行速度を落とし、中に格納したものが急な動きで攪拌《かくはん》されたりしないように丁寧に。

帰還するだけ。目標を探しながらではない。

なので、太一たちは往路よりも速いスピードで進んでいく。

行きと同様、散発的に襲ってくる魔物や動物を処理しながら進むこと数時間。

明け方前。

松明《たいまつ》が灯り夜間警備が行われる第二拠点にたどり着いた。

「おお！　帰還されましたか！」

既に太一一行のことは第二拠点全体に周知されている。

なので、毒トカゲを討伐に行ったことも全員が知っていた。

森の中から現れた凛、ミューラ、レミーアの姿を見て、門の上の足場にて周辺の警戒を行っていた警備隊員が喜びの声を上げた。

「して、あの巨大な……」

当然警備隊員も、夜空を飛ぶ巨大な構造物には気付いている。

既に知られている空を飛ぶ魔物にしては遅いが、明らかに襲撃ではない。

空を飛んで襲撃してくるなら、最初からかなり速い速度で矢や魔術の弾幕の中を突っ切ってくるか、矢が届かない場所に嘲笑《あざわら》うかのように滞空して様子を見るか、といった行動をとるのだ。

あんな狙い撃ってくださいと言わんばかりのゆっくりとした速度で迫ってはこない。

なのでいつでも弓を射れるようにしながらも、様子を探っていたというわけだ。

「ああ、問題ない。あれはタイチだ」

「そ、そうですか……」

先に拠点にたどり着いたレミーアが警備隊員に告げ、警戒の必要がないことが分かると、弓に番《つが》えた矢が外された。

警備隊員にとっては、脅威でないことが分かったという安堵《あんど》よりも、あんな巨大な構造物を持って飛んでくるなどとんでもない、という驚きが強かった。

「今開門しますので、少々お待ちを」

「ああ」

警備隊員が、近くに控える別の隊員に指示を出している。

少し待つと、高さが三メートルほどの両開きの門が開く。

凛、ミューラ、レミーアはその門をくぐって中に入っていく。

少し遅れて、太一は門の上の警備兵と話せるところまで近づいた。

さすがにサーチライトなどはないので、松明の光が届くところまで近づく必要があったのだ。

「このまま壁を越えようと思うんですけど、いいですか？」

巨大な石の箱を担いでそう告げる太一の姿は若干シュールで、警備兵は思わず苦笑いした。

「そうですね。タイチ殿が潜れる門はありませんので、そのまま壁を越えて直接中に着地してください。正規の手続きではありませんが問題ありません」

「了解です」

そう言ってくれるのはありがたい。

太一は飛んだまま壁を越え、中央の広い場所に降りる。

ちょうどそこに凛たちも立っていたので分かりやすい。

「よっと」

手に持っていた石の箱を、落とさないように丁寧に地面に置いた。

重ねるための固着を解除し、もう一つを少し離して置く。

「このまま待つぞ。今呼びに行ってもらっているからな」

なるほど、とうなずいた。

ならば、開けるのは少し待った方がいいだろう。

血は抜いてきたが、応急処置なので全て抜けたわけではない。

不用意に開封すれば血の臭いがまき散らされてしまう。

その現場に責任者がいるのといないのとでは大きな違いだ。

恐らく来るのはフィリップかテニズ、あるいはテニズと同格の者が来るだろうとあたりを付けて待つ。

こちらに向かってきたのは、普通の服に剣だけを腰に差したフィリップだった。

　部下の侍従を一人引き連れてやって来た彼は、太一たちの横にある大きな石に驚き、しかしすぐにそれを引っ込めて笑顔で四人を迎えた。

　深夜に差し掛かったところで、ややもするともう床に入っていたかもしれない。

　それを叩き起こしたかもしれないのでそこは少し申し訳ないが、朗報であるのでいいだろう。

「よくぞ戻られました。首尾は良かったということですね？」

「うむ。件《くだん》の毒リザードは討伐してきた」

「おお……」

　昨日出て行って、翌日の夜には戦果を挙げて帰ってくる。

　これまで自分たちが悩まされていたことをたった二日で解決されたことに複雑な思いもあろうに、フィリップは気にした様子もなく嬉しそうだった。

　そればかりか。

「して、そこの箱は……」

　尋ねたものの、ある程度察している様子である。

　話が早いと、レミーアは歓迎した。

「これは戦果だ」

　事情を説明するのにも、まずはこれを見てもらってからがいい。

実物を見てからの方がより説得力が増す。

「この石が……？」

それはそうだ。

パッと見て、切り出した石の塊にしか見えない。

これが戦果と言われても、首をかしげてしまうのは納得のリアクションだ。

「ああ。これは箱になっていてな。開封するにも、ここに権限を持った者がいた方がいいと思ったのだ」

「なるほど」

一気に納得の色を顔に浮かべるフィリップ。

箱はかなり大きいので、誰かが見ている前で開けてもらえた方がいい、というのは納得だ。

こんな巨大な箱を作り上げたこと、これを二つも持ち帰ったこと。

フィリップの常識にはないことなのだが、彼はそれをすっぱりと無視している。

そういうこともあるだろう、と完全に棚上げしたのだ。

「承知しました。では、開けてもらえますか」

「了解です」

太一は片方の箱の側面、上半分を開封した。

「……！」

血の臭いが立ち込める。

「やべ」

太一が腕を振ると、風が舞い上がった。

すると、臭いが収まる。風の魔法で臭いをそのまま上空に逃がしている。

夜半過ぎ。半数以上は眠りについている現状、フィリップにとってはありがたい配慮だった。

さて、と気を取り直して開けられた箱の中を注視するフィリップ。

そこに納められていたのは、巨大な爬虫類の首。

紫色の鱗《うろこ》をまとった首だった。

「これが……」

かなりの大きさ。

斥候《せっこう》部隊が言っていた毒リザードで間違いあるまい。

「改めて見ると、とんでもない大きさですな」

フィリップは驚きと畏怖、そして感嘆の思いがこもったセリフをため息とともに吐き出した。

彼が日々詰めている天幕と比べられるくらいの巨躯を誇る、という報告だった。

それは全く見当違いではなかった、ということだ。

「うむ。実際に見たが、かなりの大型であった。して、こちらなのだが」

レミーアは続いて、もう一つの箱に目を向ける。

太一が地面を操作し、箱の天辺に向けて階段を作り出した。

それなりに幅があり、数人であれば並んで登れる階段だ。

簡易な手すりもついており、足を滑らせて落ちる危険も低い。

こんなものを一瞬で築き上げるそのすさまじさはさておいて。

「口頭で説明しても良いのだが、まずは見てもらった方が早いだろう」

レミーアがその階段に向かいながら言う。

問いたいことはあれど、ものを見てから考える、というのは同感だったフィリップは、太一たちと共に階段を登った。

そして蓋が太一の手によって開封される。

「……！　これは……」

そこには、数多《あまた》の魔物の素材が、小分けにされてたっぷりと詰め込まれていた。

「これらは先の毒リザードを仕留めた直後に集まってきてな。かかる火の粉を払うために討伐したのだ」

「……なるほど。それは確かに、これを見てから話をした方が間違いなく良いですな」

納得である。

フィリップの立場から言えば、それを口頭だけで説明されても、疑いたくはないがにわかには信じられなかっただろう。

しかしこうして現物を見せられれば、信じるほかない。

もし自分たちが報告を受ける側だったら現物があった方が説得力が増す、という観点で、これを見せるために持って帰ってきたのだ。

そこには肉が食糧になる魔物はなるべく五体満足で詰められている。

そうでない魔物は討伐部位だけだったり、加工できそうな素材だけになっているあたり、冒険者の経験からそれらをより分けたのだろう。

つまり、実際にはここにある素材の数以上の魔物と戦闘を繰り広げたということだ。

「大枠は理解しました。では、天幕の方で話を伺いましょう」

フィリップは太一たちにそう言って、後ろの侍従に指示を出した。

「よし、ここは任せる。私の代わりに指示を出して処理してくれ。隊長クラスが来たらその者に任せて天幕に戻るように」

「かしこまりました」

そういったことはよくあるのだろう。

まだ若い彼は、特にうろたえた様子もなくフィリップの命令に敬礼を返した。

「では行きましょう」

「ああ」

フィリップに連れられて天幕へ。

そこで、討伐時に起きたことを重要なポイントだけかいつまんで説明する。

毒リザードは湖の畔《ほとり》にいたこと。

精霊魔術を使って倒したが、手応え的には普通の魔術でも倒せただろうこと。

そのことから、魔物ランクとしてはA相当ではないか、ということ。

毒リザードが実はあと二体いたこと。それは首を持ってきた毒リザードよりも一回りから二回りほど小さかったこと。

一体目を倒したことで、縄張り争いが可能になると思ったのか他の魔物が次々と現れ始めたこと。

あまりに数が多く、スタンピードほどではないが似たよう現象だったため放置するのは得策ではないと現場で判断。

間引きもかねて討伐したこと。

当初の目的だった毒リザードは生態系の頂点だったが、他二体は小柄だったのでひるまなかったのではないか、という推察。

そうでなければ、多少身体が小さいくらいで他の魔物が争って勝てると判断したりはしないはずだからだ。

侍従を向こうに置いてきているため、メモはフィリップ自身がとっている。

毒リザードを討伐できたことは好ましい。

しかし懸念すべき点が二つもあった。

ひとつは、毒リザードが他にも二体いたこと。

これは報告にはなかった。

状況と身体が小柄だったことから番《つがい》と子供ではないかというレミーアの推察にフィリップは同意した。

しかし、数日間にわたって観察と調査を行った斥候《せっこう》たちからはそのような報告はいっさいなかった。

「どうして今になって出てきたのでしょうな」

「推論で良ければ聞くか？」

「ええ。是非」

レミーアはあくまでも仮の話、という前提で自身の考えを話した。

「単純に考えるなら、外敵から身を守るため普段は巣穴にこもっていたということだろうな。身体の大きい毒リザードは脅かされずとも、身体が一回り二回り小さい毒リザードは徒党を組む魔物に狩られる可能性があった。ゆえに引きこもっていたが、番の片割れが倒されたことで出てきた、というところか」

痛打を与えた際に、毒リザードに盛大に吼《ほ》えられた。

恐らくはそれがきっかけになったのではないか。

最初から全部で三頭いると分かっていたら、そんな叫ばせるような真似はさせなかった、とレミーアは締めくくった。

「なるほど……」

筋が通っている話である。

そういうことなら分からないでもない。

「もうひとつ、なぜスタンピードまがいのことが起きたか、ですな」

「うむ、そうだな」

当初スタンピードもどき、と判断したのは、戦闘中故じっくり考えている暇などなかったからだ。

だから知りうる中で近しい現象を割り当て、なぜそれが起きたかを簡単に推察して仮の結論としたに過ぎない。

そしてフィリップの懸念も理解できる。

魔物同士の縄張り争いという現象自体は、別に珍しくもなんともない。

不可解なのは、そこに多種多様な強さの魔物が一堂に集まったことだ。

石室の中に、そこまで強くなく与《くみ》しやすい魔物の素材が混ざっていたことに気付いた。

縄張り争いは、近い実力同士の魔物でないと発生しないことがほとんどだ。

大体は、勝てないと分かっている相手に魔物が襲い掛かることはない。

戦えば負ける相手との縄張り争いになれば、弱い方が引くことがほとんど。

だというのに、強きも弱きも関係なく一堂に集まった。

これが不可解なのだ。

一体、どういうことなのか。

「ううむ……気になる点はありますが、判断材料が少なすぎますな」

「私もそう思う。あの毒リザードの首を調べてみるほかなさそうだな」

「そうですな」

レミーアの言葉にフィリップがうなずく。

何か手掛かりがあればいいのだが。

「快適だったね」

一夜明けて、朝。

いや、朝と言うには少し遅いか。実際にはあと少ししたら昼になるかというところだ。

部屋をくるりと見渡して、凛はこうして屋根とプライバシーが守れる家で一夜を過ごせたことに感謝していた。

拠点内に割り当てられた土地に太一が建築した家で一夜を明かした。

深夜に拠点に帰還してフィリップと報告会議。

会議は終わるまでに二時間ほどかかっただろうか。

それから家を構築して、寝る準備をして。

床に入ったのは明け方手前という時間だった。

現在は朝食の時間などとっくに過ぎているどころかもう少しで昼食の時間である。

半端な時間になってしまうので、お昼まで待って食事を摂ろう、ということになった。

「そうね。見事なものね」

土の精霊魔術を使えるようになったミューラは、だからこそ太一の制御力に感心している。

そう、目指すべきお手本が身近にいることは、ミューラにとっては恵まれた環境であると言えた。

「こういうしっかりした家というのは、心も落ち着くわね」

ミューラが石でできたテーブルをこつりと叩いた。

森の中で太一が構築した家と比べると、グレードは三つほど上がっている。

個室三つは変わらない。

そしてダイニングとキッチン。

さらにシャワーとトイレ。

キッチン、シャワー、トイレの水回りについては、水魔術で水道を代替する形だ。

森の中の家では作れなかった窓も設置してある。

ここでは襲撃や侵入の警戒レベルを下げてもいい。

なので今回の家は、外の光が入って明るい。

さすがに真っ暗な家では気がめいってしまうというもの。

こうして明るいのが、ここまで精神的に作用するとは。

「そろそろ、太一はアパートを建て始めたところかな」

「そうね。そのくらいでしょうね」

「で、私たちは」

凛が言いたいことは分かっている。

ミューラは首を縦に振った。

太一とレミーアは仕事中。現在二人で第二拠点首脳部において折衝と調整を行っているところだ。

その後太一は拠点の整備、そしてレミーアは別の仕事を言い渡されるはずだ。

当然ながら、凛もミューラも遊んでいていいわけではない。

「まずは周辺の探索ね。どう手を付けて行こうかしらね」

地図を確認する。

第二拠点側で既に探索が済んでいる場所と済んでいない場所を分けてもらった地図だ。

これによると、拠点を中心とした円と、砦《とりで》の方角側の森について。

それらはおおよそ探索が済んでいる様子だ。

まだ第二拠点が完成しておらず、未だ拠点構築の様々な仕事があって探索に人員をそこまで割けないこと。

森の魔物はそれなりに強力な種が多く、少人数での探索では人員を失うリスクが高いこと。

この二点により、探索が進んでいないのだそうだ。

まあ、納得の理由である。

今後は、採取や狩りなどで生きるための糧を始めとした素材を効率的に集めるために、ぜひとも情報が欲しいとのことだ。

「えっと、しらみつぶしにやる必要はないんだよね?」

「そうね」

やることは冒険者ギルドなどが行ったこととあまり変わらない。

アズパイアの周辺の情報も、先人の冒険者などが集めた結果だ。

とはいえそれは長い時間をかけて山積された情報。

RPGのマップ埋めではあるまいし、この広大な森の全てを踏破など、とてもではないがやっていられない。

「まずは大枠かな」

「そうね。いきなり細かくやるのは大変だものね」

まずは全体像から。

そこから細かいところに手を伸ばす。

そういう方向で行こうと、凛とミューラは確認し合った。

「後は、どこまでいけるかも確認してみようか」

「そうね。それがいいわね」

まずは森。

また、かの毒トカゲが寝床にしていた湖。

さらにそこにやってきた増援の毒トカゲ二頭。

加えて集合した魔物たち。

森だけでもこれだけの謎があるのだ。解き明かせるとは限らないが、それでも調べる価値は十分にあることは、ここの総司令官フィリップと認識を確認し合ったばかり。

そして、森だけではない。

森の先には山があるのだ。

一切手付かず、誰も足を踏み入れていない山が。

そちらを調べることこそ、本来求められていた遊撃としての役割。

第二拠点、ひいては砦《とりで》の基盤を盤石にするための一手。

「じゃあ、準備しようか」

「分かったわ。どうにも動けるようにしておかないとね」

「うん」

凛とミューラは、いつでも探索、調査の任務が行えるように準備を始めるのだった。

◇◆◇◆◇◆◇◆

「よし、こんなもんか」

太一は額の汗をぬぐった。

日差しがよく照り付けて気持ちのいい気候。

そこで動き回れば汗のひとつもかくというもの。

「これが……ですか」

「そうです」

太一の後ろから歩み寄ったフィリップは、半分の納得と同時に、半分の不思議という感情を隠そうともしなかった。

目の前には、二階建ての四角い建物が鎮座していた。

一階部分にドアが五つ。

二階に、一階のドアの真上にドアが五つ。

そう、アパートである。

太一が試しにと作り上げた建物だ。

「集合住宅、ですか。まるでガワのない宿屋のようですね」

「なるほどですな」

そう見えるかもしれない。

確かに集合住宅、アパートという概念がなければそう思うのも無理はないかと、太一は思った。

「これはお前の世界には普通にあるのか」

「ああ。これの一〇階建てとか、二〇階建てとかがあるよ」

「なるほどな」

と、そういうこともありえるか、とシンプルに受け止めるレミーアを、フィリップは信じられなさそうに見やった。

一〇階建てなど、城くらいのものだ。それ以外ではとんと見かけない高層建造物である。

フィリップの驚きももっとも。

太一としても、そんなものを作るつもりはない。この第二陣地に設けられた防壁の高さを超える建造物を建てるつもりはなかったからだ。

ともあれ、まずは内部を見てもらうのがいいだろう。

集合住宅の有用さはすぐに気付いてもらえると信じて。

「こっちへどうぞ」

太一はフィリップ、レミーアと共に一階の手近な部屋のドアを開けて室内に入った。

部屋は八畳一間。

シャワーとトイレ、そして狭いながらもキッチンと水回り。

「これは……」

例えばだが、二段ベッドを二つ置けば、一部屋四人が生活できる。

ここにいる人数を考えれば、二人部屋が妥当か。

今のテント暮らしに比ぶべくもない。

さらにそれぞれの部屋にシャワーやトイレがあり、それぞれを共同で使用している現状と比べれば劇的な改善といえる。

しかもだ。

「これがあれば、格段に節約できる……」

フィリップは、これの有用性に即座に気付いて、勢いよく太一を振り返った。

「この建物は、まだ建てられますか？」

「同じ規模なら一日に二棟……限界までやれば三棟ですかね」

結構気を遣うし、また巨大な規模を全て魔力でまかなうので、それが限界だった。

太一たちが寝泊まりする一軒家ならば、そこまで消費はしないが、これは集合住宅である。

魔力もちろん、制御による神経もかなり消耗する。

一棟建ててみて理解した。

余力を残すなら二棟、魔力切れにならないぎりぎりまで絞りだすなら三棟というところだ。

「そうですか」

できれば三棟でやってほしいのがフィリップの正直な気持ちだ。

しかし、太一の言い方を考えれば、三棟建てた場合その日は魔力が減って動けなくなってしまうのが想像できた。

ならば、一日一棟から二棟建ててもらうのが妥当なところか。

「……分かりました。では一棟から二棟、建ててもらえますか？」

「了解です。何棟建てます？」

「そうですね……」

その後、フィリップとは何棟建てるか、どこに建てるかを簡単に打ち合わせして別れる。

太一もレミーアも、凛、ミューラと合流だ。

「きついか、タイチ」

「結構魔力減ったけど、一棟だけなら大丈夫だ」

「ふむ、二棟建てるとかなりくるわけだな」

まあさもありなん、という表情でレミーアはうなずく。

あれだけ中身も凝った建物を魔力だけでまかなえば、いくら土のエレメンタルの補助があってもきつくて当然。

「まあ、あと六棟だ。一日二棟建てれば三日で終わるぞ」

「いや単純計算すりゃそうだけどさ」

ここにいる人員の数を考えれば五棟でも五部屋以上あまる。一棟は今後人員が増えたときのために建てておくのだそうだ。

さらに人が増えれば、二人部屋を四人部屋にするなどの対応をすればいいが、人は贅沢に慣れると基準を落とすのが大変な生き物。

太一もそれは自覚と言うか思い当たる節があった。

まあ、その辺はここを管理運営するフィリップらが考えることだ。

一日一棟ずつでも六日で終わる。

ここでの仕事は六日で片付くとは思えない。

とはいえ、陣地の整備ももともとの仕事だったのだ。

アルガティには「できないことはできない」、とは言ってみたものの、やってみたらできてしまったのである。

相当に負荷がかかるので多用はできないが。

新発見があった太一であった。

◇◆◇◆◇◆◇◆

一緒に動いてもいいのだが、それだと効率が悪い。

それに森に出現する魔物や動物についての知識も大雑把《おおざっぱ》に得られている。

毒トカゲを退治するのに、何にも遭遇せずに現地まで進めたわけではなかったからだ。

立ちふさがった魔物、動物の対処をした率直な所感としては、多少の群れが相手ならば一人でも特に問題のない相手ばかりだった。

少なくともあの湖までなら、ソロで十分行けることは分かっている。

とはいえまだ毒トカゲを討伐して数日と経過していない。

リスクを考えて、二手に分かれることにした。

また、現時点では日帰りでの探索を基本とし、現地での宿泊は原則しないというルールを設けた。

　これは一日一度、太一が拠点で建築をする仕事があるのと、そこまで慌てる必要がないこと、そして毒トカゲの個体がいるかもしれないし、いなくても影響が残っているかもしれない。

　残っているかもしれないことを考えると、なるべくリスクが高い行動は避けるべきだ。

　たとえそれらにソロでも勝てるのだとしても。

　特に相手は毒をまき散らすという性質なので、今回大事を取ったというわけだ。

　さて、人数分けは太一とミューラ、凛とレミーアの二班である。

　このメンバーでなくてはならない、というような事情は一切存在しないので、適宜組みなおしを行う予定だった。

「え～っと、ここは……」

　場面を凛とレミーアに移す。

　そう、既に出発しているのだった。

　凛は地図を眺めながら現在地を確認する。

　第二拠点側の面々がまだ探索しきれていないエリアに到着していた。

「この辺ですね」

　第二拠点から見て、ほぼ真西側の地点。

ここまでは、凛とレミーアが快足を飛ばして走っておよそ三時間というところ。

大したことがないように思えるが、ここが森の中であり、凛とレミーアが移動だけに専念したことを加味すれば、まあ妥当なところであろう。毒トカゲを探していた時とは違い、精霊魔術の訓練も行わなかった。

道中のもろもろをほぼ完璧にスルーしてきたからこそのスピードでもある。

既に調査の手が及んでいるところを再度調査する理由はなかった。

「ああ、ここからが本番だ」

とはいえ、この鬱蒼《うっそう》と茂った森の中で、自分たちの居場所を正確に把握するのはなかなか難しいことである。

何せ目印になるものなどほとんど存在しないのだ。

そういったものを探すのも、今回の調査における目的に含まれている。

「しかし、こうしてみると、世界が違うというのは面白いものだな」

レミーアはおもむろにしゃがみ込むと、手ごろな植物をちぎった。

そして薬草事典を取り出して調べる。

事典によると、根と種を焙煎《ばいせん》すれば内服用の粉薬になるカガミソウという薬草だ。主に消化器系の体調不良に有効であると分かっており、常備薬として拠点や砦《とりで》で重宝されている。

ただし、このような草を、レミーアは知らなかった。

アルティアにはないものと思われる。

絶対に存在しない、とはさすがに言い切れないものの、レミーアはアルティアに存在する大多数の植物についての知識を得られる環境を整えている。

多数の植物図鑑を私物として所有しており、それを読んだ限りでは、こういった薬草はなかったはずである。

「確か、同じように消化器系に効能がある薬草はありましたよね」

修行の一環として読んだ図鑑の中に、そういった植物があったことを凛も覚えていた。

「あるな」

「でもその薬草は、葉と茎を乾かすことなくすりつぶして、それを水に溶かして飲むんでしたっけ」

さすがに詳しい処理の手順まではうろ覚えだったようで、少し自信なさげな凛である。

ただ、大して勉強する時間もなかったそれを覚えていただけでも大したものだ。

「その通りだ。もっといえば、すこぶる苦いからな。効果は多少落ちるが、はちみつや果汁などで口当たりを和らげてやってもいい」

「ああ！」

レミーアの言葉でそこを思い出したようで、凛は手をポンと打った。

効果が落ちる、とはいってもあまり問題ない。

レミーアもそれを処方したこともあるし、腹の調子が悪い時に自分で服用したこともある。

その経験からすれば、少々の効果の低下には目をつむっても口当たりを和らげるべきだ、という結論に至っている。

「全然使い方が違いますよね」

凛はそう言いながらメモを取る。

この付近にもカガミソウが生えているという記録だ。

非常に地味かつ地道な作業だが、こうしたことも冒険者の仕事の一つである。

人の立ち入ったことのない場所に分け入って、そこに何があるのか、何が人の役に立つのかを調べて情報を持ち帰る。

まさに冒険と言える仕事だ。

「あっ」

凛は何かに気付いた様子で、土魔術で杖の石突に長さ二メートルほどの長さを持つ幅の狭い刺股《さすまた》のような形状を作り出すと、一匹の虫を押さえるようにして捕えた。

「気を付けないとですね」

凛が捕まえたのはムカデに似た虫だった。

全長は三メートルはあるだろうか。

少々嫌そうにしているのは、そこまで虫を克服していないこともあるが、この虫が毒を持っているからだ。

びちびちと暴れているが、刺股《さすまた》に変形させた杖は長さが二メートル以上もあるので、直接触れることなく済んでいる。

「そうだな。魔物には及ばぬとはいえ、ぞっとせんよな」

「そうですね」

これだけ長い身体を持っているが、狩りの仕方は地面や落ち葉、草に紛れて待ち伏せか忍び寄っての暗殺だ。

森の優秀なアサシンとして第二拠点の面々からは恐れられている虫である。

基本的に体長に比べて身体は細いので人間を襲うことはない。むしろ刺激しなければ逃げるか隠れることで人間をやり過ごそうとする。

しかし、誤って踏んでしまったりして刺激を加えると、自衛のために反撃をしてくる。

人間側に攻撃の意志がなくとも。

こういった生き物の恐ろしいところは、油断していると高ランクの冒険者であってもコロッとやられてしまうことがある点だろう。

油断して戦闘態勢になければ、高ランク冒険者であっても素肌が露出しているところの

防御力は低い。

まあ、こういった場所に来て、自分の強さを過信して油断してしまうような者は、たとえ突出した戦闘力を誇っていようとも高ランク冒険者にはなれない、と言われてしまえばその通りではある。ギルドとしても反論の余地はない。

その点、凛は面目躍如と言ったところだろう。

こういった場所は野生動物や魔物のテリトリー。人間は外からやってきた侵入者。ここに立ち入るための心構えがしっかりしているからこそ対処できた。

第二拠点からは薬草事典のほかに魔物事典、動物事典を借用している。

植生だけではなく、生き物の生息域を調べることも仕事のひとつだ。

「これもまた、この森のどこに行っても生息していそうだな」

預かった資料を見る限り、第二拠点の開拓者たちが森を探ると色々なところで発見したという記載がある。

そしてその発見した位置を見るになんら法則性を読み取れるわけでもなく、完全なランダムであることがうかがえる。

ということは、この森においては珍しくない生き物ということだろう。

毒トカゲを探しに行った際には遭遇しなかったのだが、それもまた運が良かったのか悪かったのか、はたまた単にめぐりあわせだったのか。

まあ、後者なのだろう。

「そうですね。こういった生き物は他にもたくさんいそうです」

「そうだな。後は、ここにない生き物が見つかるかどうか、というところか」

「はい」

まあ、新種を見つけることが目的ではない。

どういった分布なのかを探るのが目的なので、そこはき違えてはいけない。

ただ、調査という任務を背負って森に出て、新種を新種だと気付かないのは少々抜けていると言わざるを得ないだろう。

持ち帰って情報を整理すれば新種であることは判明するだろうが、新種だと認識したうえでその生き物を見るのと、後で言われて思い出すのでは情報の鮮度に差が出る。

人間の記憶など、そんなものである。

「では注意していくとしようか」

「分かりました」

実地調査。これもまた冒険者の醍醐味と言えるだろう。ここ最近厳しい戦いが続いたので、こうした仕事は久しぶりなのだ。

せっかくやるのだから、楽しんでやらねば損だ。

凛はそう思い、仕事はしっかりとやりつつも、フィールドワークを楽しもうと心に決めたのだった。

◇◆◇◆◇◆◇◆

「はっ」

ミューラが剣の腹で敵を打ち付ける。

どしゃ、と魔物が気絶して地面に落ちた。

気を失っているのは猿の魔物である。

灰色の毛皮で、体長は一メートル強といったところか。

水の弾丸を吐いてきたので、動物ではなく魔物、と判断した。

「こいつも載ってるな」

太一が見る魔物事典には、このハイイロザルについての記載があった。

どうやら比較的よく出会う魔物のようだ。

毒トカゲを討伐しに行くときも出会った。

ちなみに、なぜ仕留めなかったかと言えば。

「群れを形成してるのよね？」

「そう書いてあるな」

事典に書かれていることを読むと、ハイイロザルは群れを形成して行動して狩りをする魔物のようだ。

そして単独行動をとっているハイイロザルは、群れから出た斥候《せっこう》である、とも。

その斥候が獲物を見つけて群れに持ち帰るか、あるいは殺された時に特殊なフェロモンを放出して群れを呼び寄せる。

この二種類のパターンがあるということだ。

太一はさっと周囲を見渡した。

周辺にはハイイロザルはいない。

離れたところに群れは存在しているが、そこからここまではそれなりの距離がある。

つまり、先程ミューラが気絶させたのは斥候のハイイロザル。

殺されもせずに群れにも戻れず。

ということは太一たちが群れに捕捉されることはないのではないか。

そういう仮説をもとにして実験をするためである。

「じゃあ、こいつを放置して、少し離れたところで待ってみるか」

「そうね」

気絶したハイイロザルを適当な木の枝にひっかけ、太一とミューラは近場に身を潜めた。

しばらく待つと、斥候《せっこう》のハイイロザルは目を開く。そして不思議そうな目で自分の周りを見渡している。

確かに獲物がいたはず。

その情報を持ち帰って群れで攻撃をしかけようとした。

いたはずの獲物は影も形も見えない。

そういえば寝ていたようだが、それはなぜだろう。

……とでも考えているのだろうか。

ハイイロザルは終始納得がいかないというか、なぜ寝ていたのか分からない、といった様子であったが、やがてこの場所を去り、群れの方へ戻っていった。

その群れの動きをしばらく探ってみたが、結局こちらに来ることはなかった。

太一とミューラは隠れたところから姿を見せる。

「……なるほど、気絶させてその間に姿を隠せば、襲われるのは避けられるのね」

「気付かれないってのは難しいかもしれないか？」

今回、音を出さないのはもちろん、匂いも風を操作して猿の方に行かないようにしていた。

風を操らなかったらどうなるかも検証してみたいところだ。

匂いが届かなかったことで見つからなかったという可能性もある。

匂いが対策にならない場合、群れとの戦闘は避けられない。

ハイイロザルは戦うとなると数が多くかなり厄介な敵として認識されている。

一匹一匹の強さは大したことはないのだが、数が多く連携もする上にまともに攻めてこないといやらしいことこの上ない魔物である。

万が一群れに襲われ、どうにか撃退したところで、素材として使える箇所は少ない。

なるべく戦闘を避けたい相手の筆頭だ。

ただし、現在は調査の真っ最中。ハイイロザルも当然その対象だ。

どうやったら戦闘を避けられるのか。それを探るのもやるべきことに入れるのがいい。

「なら、次に見つけたらそれも試しましょう」

「そうだな。忘れないようにしないとな」

メモ用紙代わりにしている羊皮紙を取り出して、さっと記述する。

「じゃあ、行きましょう」

「ああ」

太一とミューラは再び森を歩きだす。

現在地は拠点から見て北東側の森、こちらもまた、第二拠点の面々の調査が及んでいない区域である。

第二拠点が行っている森の調査は、森の入り口から拠点までの間が主だ。まずは自分たちが定期的に利用する経路の調査を盤石にしよう、ということのようだ。

一方、森の奥側、つまり湖がある方向などの調査は遅々として進んでいない。斥候《せっこう》部隊が湖までたどり着き、そこで調査を行ったことから第二拠点のメンバーでも行けないことはないだろう。

まあ、毒トカゲを調査した斥候部隊に所属するのは第二拠点でもエリートらしいので、他の面々が必ずしも森の奥まで行けるとは限らない。斥候たちも、帰還したときには精神的にも肉体的にもボロボロだったようだから。

つまるところ実際のところはどうなのか。それをつまびらかにするのが、太一とミューラが、そして凛とレミーアが行っている調査だ。

しばらく歩くと、今度はフォレストタイガーを発見した。

「おっ、かませ発見」

「あのね……」

第二拠点では要注意と言われている生物だ。

そのように魔物事典には記載されている。肉食獣ということで魔物ではなく動物なのだが、魔物事典に書かれていることからもその危険性は分かるというものだ。

しかしそれはあくまでも紙面での情報。

太一にとっては、毒トカゲの餌になった、という印象しかない。

やはり肌感というものは大事だ。

二頭以上でいることもままあるようだが、見つけた個体は一頭だけ。大きさと魔物事典を比較すると、成体であろう。

だからこそ指標として分かりやすい。

「じゃあ、俺が行く。二〇で始めて五刻みで増やしていく感じでやる」

「分かったわ」

太一の魔力強化はかなり正確なので、ミューラにとっても非常に参考になるものだ。

特に身を隠したりすることなく堂々と姿をさらして、太一はフォレストタイガーに向かって歩いていく。

その無防備な姿は、フォレストタイガーにとっては軟弱な餌にしか見えないはずだ。

彼我の距離が二〇メートルを切ったあたりで太一に気付いたフォレストタイガー。うなり声をあげながら四つ足で地面をしっかとつかみ、姿勢を低くする。

狩りの体勢。

太一は構えず、しかし魔力強化をして歩き続ける。

魔力を感じられる能力があるのかは分からない。

しかし太一の様子が変化したのを敏感に感じ取ったのか、フォレストタイガーから隙が消えた。

「なるほど、要注意って言われるだけあるな」

この森の食物連鎖のピラミッドにおいて上位に位置すると言われるこの肉食獣。

その一端が垣間見える。与《くみ》しやすしと見るや自信を大きく見せ、そうではないと分かった瞬間に即座に油断を消して見せる。

だからこそ生き残り、食物連鎖で上位にランクインされているのだろう。

「けどま、運が悪かったたな」

太一に出会ってしまったのが運の尽き。

そう言うこともできるだろう。

今後は二頭いた場合に難易度がどう変わるかも調べる予定だ。

それには一頭での強さもきちんと把握しておく必要がある。

こういう動物は分が悪いとみれば逃げるのにためらいはない。

人間のように妙なプライドに囚われたりしないからだ。

だからこそ、きちんと戦闘を行ったうえでちゃんと仕留める。

にらみ合いから一転、ついに飛びかかってきたフォレストタイガーの巨躯を見やり、どう戦うかを決める太一だった。

第八十三話　続・調査　森と山

闇の精霊シェイド。

世界アルティアを管理する闇の精霊。

特に王として戴冠しているわけでも、神として君臨しているわけでもない。

ただ、この世界の精霊のなかで最も大きな力を持つ。

特徴としてはそれだけだ。

管理、であって統治ではない。

シェイドの役目は、この世界の均衡を保つこと。

それ即ち、世界の均衡を乱す要因の排除、ということでもある。

「……」

シェイドは、自身の部屋に無数に浮かび上がる映像を見つめていた。

ここに太一がいたら、まるでホログラムのようだと、そのSFのような光景に驚き興奮していたことだろう。

いつもならば遠方の場所を見るためには水晶を使うのだが、こうしてホログラムのような映像を表示させる場合、用途が違う。
そこには、様々な土地が映っていた。
南洋の海上に浮かぶ、面積が屋敷程度の小さな無人島。
万年雪が積もる高い山の山頂付近。
最寄りの街まで馬車で一か月以上かかる荒野のど真ん中。
辺境の村、その近郊にある山脈の中腹の洞窟。
それ以外にも数多《あまた》の景色が浮かんでは消え、浮かんでは消え。
ひとつの映像が表示されているのは、短ければ一〇数秒。
長ければ数分。
シェイドはそれらを、感情の起伏を感じさせない瞳で眺めている。
「うん。実にしつこい」
ここ数日、同じ作業を繰り返している。
この波は不定期にやってくる。
沈静化するまではまだ数日を要するだろう。
何をしているかと言えば。
扉を削除しているのだ。
扉と言っても、木製や鉄製の、いわゆる人工の扉ではない。

ふとシェイドの視界の端に入った映像。

砂漠の真っただ中だ。

砂ばかりのところではなく、いわゆる岩石砂漠に分類される場所。

その一角にある洞窟の先。

ここにも新たな扉ができた。

暗い洞窟の奥にぽつんと揺らぐ小さな黒い点。

これが扉だ。

「またか」

シェイドはため息をついて、軽く右手を払った。

映像の向こうにある扉が掻き消える。

これで今日は何個扉を消しただろうか。

一〇個から先は覚えていない。

もう幾度も繰り返した。

すでにシェイドの中では作業になっており、数えることにまるで意味を感じなくなっていた。

過去数えた時は、一四〇程度だっただろうか。いや、一五〇だっただろうか。

おおまかに数えた時でさえそれだけの数があったのだ。

その中には、過去に対象になった場所もこうして選ばれたりしている。

今しがた潰したのもまさにそういったところだ。

故にシェイドは「また」と言ったのだ。

そもそも、彼女が消している扉は何なのかといえば、セルティアからつながれた扉である。

黒点はアルティアとセルティアをつなぐ、いわば次元にうがたれた穴。

シェイドはそれを、穴が広がる前に塞いでいる、というわけだ。

しばらくその作業を続け、やがて穴を感知しなくなったのを見て取って、シェイドはようやく一息ついた。

「……やれやれ」

こうして対応したので、またしばらくは次元の穴ができることはないだろう。

シェイドの予想ではあるが、おそらくセルティアにいる時空魔導師が行っていると思われる。

これだけ無数の穴をうがつほどだから相当な才能であろう。

ただまあ、その魔導師の魔力も無限ではない。なのでこうして次元の穴をいくつもうがった後は、しばらく休息をとると思われる。

「まったく、面倒なものだね」

これが、セルティアからアルティアに行われている攻撃のひとつである。

セルティアの関係者から直接聞いたわけではないので分からないが、相手の作戦は大体予想がついている。

端的に言えば、物量による飽和作戦。

こちらの……具体的に言えばシェイドの手が及ばないほどに無数の穴を開け、対応漏れした穴を開通させてセルティアからアルティアに乗り込むための扉にする。

セルティア側のこの作戦は、成功している。

シェイドも見落としがないようにしている。管理者としての権能で、異常な時空の乱れを修正する力を応用しての対処。

しかし、セルティア側の作戦を主導しているのは、シェイドと同格の相手だ。

となるとさすがに完璧に即時防衛するには至っていない。

なので何度も乗り込まれている。直近の出来事といえば、北の海での事件がそうだ。

あの場所では、セルティアから乗り込んできた者たちがキメラの研究と生産を行っていた。

乗り込まれ、拠点をつくられたのはそこだけではない。

これまでもセルティア側の拠点をいくつも潰しているが、まだ潰せていない扉もきっとある。

そこからセルティアの人間が入り込んでくるのはやむをえまい。

後は見つけ次第、ということになるだろう。

「まあ、仕方ない」

ずっと続けてきたことであり、これからも続けていくことだ。

複数の拠点を作られるのは業腹だが、そこは既に受け入れている。受け入れていることと、腹が立たないはイコールではないが。

「向こうはどうなってるかな？」

セルティアの橋頭堡《きょうとうほ》設置作戦がひと段落したところで、シェイドの思考は世界を渡った太一たちに向く。

こうしてセルティアに人員を送ったのは、アルティアの方が後出しだ。

セルティアからの攻撃はもうずいぶんと昔から行われている。

それこそ、数百年という規模だ。

ずっと迎撃を続けてきたが、シェイドとてただ攻撃を防いでいたわけではない。

やられっぱなしではいられない。やり返さなければ。

とはいえ、ただ闇雲にやればいいというわけでもない。

セルティアの手法を観察し考察し、その手法にはおおよそのあたりを既につけている。

探すのに困難になるほどの飽和攻撃を仕掛け、生き延びた次元の穴を使おう、というのがセルティアの作戦。

シェイドといえど完璧な即時防衛ができないというのは先に述べた通り。

手にあるカップに、カップの容量以上の水が注がれているというたとえが正しいだろうか。

そうなれば必然、カップから水がこぼれることもある。

しかしこぼれたからといって慌てる必要はない。

床を濡らした水は後でふき取ればいいのだから。

そう、セルティアの攻撃は、シェイドの防御の手が間に合わないことを狙ったもの。

その後の、シェイドの防御から逃れた次元の扉のことまでは考慮されていないように思えた。


「それとも、単純にそこまで手が回らなかっただけかな？」

シェイドの防御が追い付かないほどの飽和攻撃ともなれば、どれほどのリソースが必要になることやら。

世界を渡るのだ、それだけでも神経と大きな力を使うというものだろう。

その結果、見事シェイドの目から逃れた次元の穴が発生する。

ただ逃れた後の隠蔽《いんぺい》までは手が及んでいないのは既に分かっている。

なので、逃れられた次元の穴をシェイド側がどれだけ早く捜索できるか、ということになる。

そのことから、シェイドはセルティアとは違う方法を取ることにした。

セルティアの方法の長所は手広くランダムにアルティアに根を張ることができる点。

短所は狙い通り防御の網からこぼれ落ちても、見つかってしまうと扉を塞がれてしまうが、リソース不足によりそれを止めるすべがないこと。

これに対してシェイドは、扉を一点のみに絞った。

この方法の長所は、扉が一つなのでそれ以外のリソースを隠蔽《いんぺい》などに注ぎ込めること。長い時間をかけて準備をした。扉に対して施した隠蔽も、現地に対して施した隠蔽も。

短所は扉が一つしかないので拠点を複数構築するのに時間がかかり手を広げる速度が遅いことと、万一見つかればそれで足掛かりが全て潰えてしまうこと。

これはもう、方向性や価値観、もっと単純に言えば好みの問題でしかないだろうとシェイドは思う。

セルティアがとった手法とアルティアが選んだ手法、どちらが良い悪いと一概には決められない。

セルティアの手法にも見るべきものがあると、シェイドは考えているのだから。

「進捗《しんちょく》が遅いのは目をつむるべきだね。そう思わないかい、アルガティ？」

「はっ。しかし、現地の者共は良くやっているかと」

シェイドの後方にひざまずくアルガティ。

いつの間に現れたのか。

もしここに何も知らぬ一般人がいたのなら、いつアルガティが現れたのかも、どうしてそれにシェイドが気付いたかも分からなかったことだろう。

当の本人たちは、一般人なら疑問と不可解に思うしかない事象について全て分かっている。

アルガティは基本人間には興味がない。

それは今に始まったことではなく昔からだ。

そんな彼が興味を持つ数少ない人間が、セルティアに送り込んだ者たちだ。

シェイドが主導しているプロジェクトだから、が主な理由なのが、またアルガティらしいところであろう。

そうでなければ人間になど興味を持ちはすまい。

「君に動いてもらうわけにはいかないからね」

「承知しております」

アルガティが動くことができればもっと速い、というのはまったくもってその通り。

当然ながらそうできない理由がある。

セルティアへの穴を開けてから隠蔽を施したわけではない。

隠蔽《いんぺい》の術式の構築に多大な時間をかけ、準備ができてからセルティアへの穴を開けたのだ。アルティアの防衛に割かれるリソースの残りの全てを注いでシェイドが開発、構築した隠蔽の術式。

シェイドが作り出したそれを維持するのがアルガティの役割である。

故に、彼は長い時間離れるわけにはいかないのだ。

「それで、きみがここに来た理由はなんだい？」

「かの召喚術師の少年が悩んでおりましたことを一度お耳に入れるため参った次第です」

「なるほど……大体予測はしていたよ」

「はっ」

シェイドがその可能性について考えているだろうことはアルガティも分かっていた。

ただ、実際に言葉にして伝えることが大事なのだ。

太一が、セルティアからやってきた仮面の男に「このままでは敵わない」と思わされたことだ。

人間として生きる上では過剰という表現では不足するほどの力を持つ太一が、それでも「足りない」と思わざるを得なかったこと。

その勝負自体は互角だった。

しかしもろもろの要素を考慮して未来を予想した結果、太一はこのままではいけない、自分も凛たちと同じように限界を超える必要があるかもしれない、という結論を出したのだ。

「彼もまた、ひとつ壁を超える必要があるかな」

「少年はいずれサラマンダーと契約しますが……」

「うん、それでは足りないね」

アルガティが至った結論とシェイドがたどり着いた結論、どちらも同じだった。

「サラマンダーとの契約は早いか遅いかでしかない。それよりももっと根本的なところだね」

「おっしゃる通りかと」

「少し考えておこう。彼に負けてもらっては私も困るからね。打てる手は打たせてもらおう」

「はっ。その旨、かの少年に伝えても？」

「うん、構わない。アルガティ、君に任せる」

「かしこまりました」

「じゃあ、下がっていいよ」

「はっ。失礼いたします」

アルガティの気配が薄れて消えていく。

ふむ、とシェイドはひとつうなずく。

「さて、彼には何が必要かな？　いらないものをあげたって仕方ないからね」

太一に勝ってもらわねば困るというのは心からの本音だ。でなければわざわざ世界を超えて呼び寄せたりはしない。

さて太一に何を課そうか。

既にある程度の素案は頭の中に浮かんでいる。後はこれをシミュレートして、どのような効果をもたらせるかを予測する。

その結果が満足いくものであれば、太一にやらせてみてもいい。

シェイドは他にも積みあがるすべきことをこなす傍ら、太一に対してどのような壁を用意しようかと考えるのだった。

◇◆◇◆◇◆◇◆

調査を開始して一か月が経過した。

フィリップより依頼された集合住宅の建築は既に終了している。

魔力をかなり使ったが、魔力操作やイメージのいい訓練になった。

ミィの出力がなければかなり厳しいものがあったのは間違いない。

さすがに一棟まるまる建築するなど、エレメンタルと契約していなければできなかった。

それらのことと、魔力量が常人よりもはるかに多いことから請け負った仕事ではあったが、とはいえ街と見紛うほどの物件数は必要ない。

毎日建築に勤しんだ結果、ずいぶんと前に終わっていた。

一方森の探索も順調である。

第二拠点の周囲に広がる巨大な森。

この森の探索はほぼ完了していた。

出会う魔物や動物は、第二拠点の方で把握していない種類については全て狩猟して持ち込んだ。

それらは全て調査用であり、資源として狩った魔物は多数。

食用の肉として、調合用、装備品などの素材として。

物資は現地調達が基本となる第二拠点としては、かなり在庫が潤ったようだ。

一か月の成果なので、かなりの量にはなっているのは間違いはない。特に食肉などは狩りすぎても消費できずに腐らせてしまう問題があるが、その辺りの保存については十分に考えられているようで問題ないとの事。

まあ、わざわざ世界を渡るようなバイタリティあふれる彼らだ。食料を無駄にするはずがない、というのも納得の話である。

森の調査は先日終わり、現在太一たちは二手に分かれて山の調査を開始していた。

その山の中腹。

太一とミューラは、手近な岩に腰かけて水分補給などの休憩を行っていた。

魔力強化による疲労軽減もあって見かけ以上に疲労耐性が強い太一たちであるが、疲れないわけではない。

こうした適度な休憩は、引き続き探索を行うために必要なプロセスである。

「結構登ったわね」

「ああ、あんなに小さく見える」

太一とミューラが見下ろした先。

森の中には木の壁に囲まれた拠点が見える。

また荒野を見渡せば、砦《とりで》が見えなくもなかった。肉眼で見ようとするとかなり小さく、何かがあるか、というのが辛うじて分かるかどうかだ。

視力を強化すればその限りではないのだが。

砦があると認識しているから見えるが、認識していなかったら見えないのだという。これは山から森の中の第二拠点が見えた、と話した際にフィリップから教えてもらったことだ。

理由は単純。

隠蔽《いんぺい》の範囲だから。

そこにあることを認識し滞在したこともある者にはさすがに効果はないが、それがあると想定すらしていない者には効果てきめんなのだとか。

ここに赤の他人がいたとして、太一とミューラが拠点や砦のことをいっさいしゃべらなければ、同じ光景を見ていてもその者にはまったく見えないそうだ。

しばし休んだところで、再び探索を開始する。

周囲を探り、地形を覚え、地図に書き込みながら進む。

邂逅《かいこう》した魔物は全て戦って強さや特徴などを確認する。

「いやあっ！」

裂帛《れっぱく》の気合がミューラの形の整った唇から放たれる。

出会った山羊のような魔物に対する、ミューラの斬撃から蹴りにつなげるコンビネーション。

かなり強烈な蹴りに吹っ飛ぶ魔物。

「いらっしゃーい」

魔物が吹っ飛んだ先には太一。

上からたたき落とすように殴りつけた。

地面に激突した山羊型の魔物は、そのまま数度痙攣《けいれん》して動かなくなった。

仕留めたことを確認し、角を切り取る。

この魔物は既に第二拠点に持ち帰って調査が行われているので、持ち帰るのは一部のみだ。

「うーん……今日は既知の魔物ばっかだな」

「そうね」

既に山に入るようになってから数日が経過している。

日を追うごとに少しずつ奥に進んでいるが、出会う魔物は同じ種類ばかりである。

これがお金稼ぎに来ているならそれでもいいのだが、調査となると、というところだ。

探索して未知の場所がつまびらかにされていっているので成果ゼロと言うわけではないのだが。

それに。

「魔物のレベルが全体的に高いな」

「そうね」

太一とミューラだから戦えているが、間違いなく個人でAランクは必要だろう。

どの魔物も手ごわい。

戦っているのが太一とミューラだから問題なく進めているのだ。

おそらく、別の場所の探索を行っている凛とレミーアも同じような感想を抱いているところだろう。

「今日も大漁大漁」

素材はなかなかの量が手に入った。

これならばまた、拠点の足しになるはずだ。

森で得た素材もそうだが、特別どうしても必要なものはない、というレベルだとレミーアは言う。

他に代用可能な素材について心当たりがあるようで、本当に用立てすべき時が来たら都度取りに行けば十分だ、ということだ。

ならば、自分たちの分の確保に躍起になる必要はない。手に入れた素材は、記念に一種類ずつ確保して後はフィリップに全て売却している。

日が落ちた頃、太一たちは森の中の第二拠点に帰還した。

「あ、太一」

「お前たちも戻って来たか」

「ああ、凛、レミーアさん」

「少し早かったんですね」

素材を兵站《へいたん》部門に提出し、目録を受け取ってフィリップのところに向かうと、彼女たちも報告を行っていた。

「ああ、戻られましたか」

フィリップが太一とミューラを出迎える。

ミューラはそれに応じながらも、彼の前に兵站《へいたん》部隊が用意した目録を差し出した。

「今回もご苦労様です」

フィリップはそれを手に取ってざっと上から下まで目を通すと、満足げにうなずいた。

成果は十分。

この第二拠点にいる面々ではどれだけ時間がかかるか分かったものではない。

「どうやら順調だったようだな」

「ああ。あそこにいる魔物ならな」

「リン、山の西側は相変わらず？」

「うん。そっちが出会う魔物と変わり映えしないかな」

それぞれが山に対して抱いている感想を話し合う。

同じところを四人で探索するのも効率が悪いので、二手に分かれて山に登っていた。

森の奥に進んだ先にある、例の毒トカゲが寝床にしていた湖。

その湖を左右から回り込んで、行きついた先にある山から登ることにしたのだ。

それなりに大きい湖なので、そうすることによってある程度の距離を空けて登ることができる。

今登っているのは一つ目の山。

山と言うより山脈と称するのが正しいだろうか。

複数の山が連なった連峰である。

「それでは、本日の分も取り決めの通りに」

「ああ、頼んだ」

都度報酬を受け取る、というのは辞退した。

現金は持ち歩いているし、この拠点はもちろん砦《とりで》でも使えるが、太一たちにそう買うものはない。

物々交換でどうにかなってしまうし、何より太一たちが必要な物資は提出した素材から差し引かれることになっている。

差額はセルティアから引き上げる時にまとめて手渡される。

そんな調子で山を調査して数日。

既に数度立ち入り、徐々に奥へと探索範囲を広げ、山を二つ越えている。そうなると当然日帰りも難しくなり、泊りがけの調査に切り替わっていた。

そんなある日。

「……ん？」

ふと立ち止まった太一を見て、ミューラが首を傾げた。

「どうしたの？」

「シルフィが、人がいるって」

「！」

表情を引き締めるミューラ。

「人ってどんな？」

「シルフィの印象は、冒険者っぽいってさ」

「そう。方角は？」

「あっちだ」

「……行ってみましょうか？」

「そうだな」

この山に踏み入っている点から相手もAランクであることを考慮し、かなり距離を取って止まる。

風上、更に標高の高いところ。できうる限り見つかりにくいところに陣取った。

視線を軽く向けてみる。そして対象を確認してすぐに引っ込んだ。

じっと見ると、見られていると思われるためだ。

相手の察知能力、探知能力をなめる気はない。慎重に慎重を重ねるのだ。

下手な動きをしてバレてしまっては、何のためにレミーアに師事しているのか分かったものではないからだ。

様子を見た限りの印象で言うと、何かを探している様子。

警戒もしている。一瞬であったので、太一たちには気付いていないようだ。

ミューラと太一はアイコンタクトで認識を確認し合う。

ここまで来たのだ。接触してみよう、ということで二人の考えは一致している。

しかしそれを、こちらだけの判断で決めて動いてしまうのは尚早だ。

「凛とレミーアさんに伝えてみる」

「ええ」

小声でのやり取り。その後、シルフィに頼んで声を凛とレミーアに届けてもらう。

(ふむ……接触してみるのも良いかもな)

(そうですね)

状況を報告すると、凛とレミーアからはそのように返ってきた。

「分かった。友好的に接してみる」

「情報を集めてみます」

(頼んだぞ)

(二人とも、気を付けてね)

情報を集めるには接触してみるのがいい。太一とミューラの認識と、凛もレミーアの認識は同じだった。

報告を終え、太一とミューラは少しばかり、どういう話をするかか簡単に打ち合わせをした。

　そして、姿を見せて二人連れ立って近付いてみることにする。

　相手方に必要以上の警戒をされてしまうと誤解を招く。

　見晴らしの悪い場所で急に後ろから近づいてしまうわけにはいかない。

　太一とミューラに敵意がないと示すために、遠い位置から気配をまったく隠さず歩いていく。

「よー、狩りは順調かい？」

「まあまあだ」

　気配を隠さず武器を収めたまま歩いたことで、狙い通り最低限の警戒しかさせなかった。

　若い三人組の冒険者。

　男、女、男の組み合わせだ。

　男の一人目は盾と片手剣のオーソドックスなスタイル。

　女は弓矢とサブウェポンに少し刃渡りが長めの剣鉈。

　男の二人目は杖を持った魔術師スタイル。

　バランスの取れた編成のパーティである。

「そうか、それは何よりだ」

「そっちは何か用なの？」

「まあ、用と言うほどのことではないのだけど」

自分たちも同じ領域ですべきことをしていること、そのうえで干渉する気も邪魔をする気もないことを伝えに来たとミューラは話す。

納得した様子で三人はうなずいている。

「俺たちはこの辺りの調査に来てるんだ。そっちは？」

「オレたちは素材集めだな」

仕事について聞いたのはそれだけ。依頼主がどうとか、何の調査に来ているとか、そういうことにはもちろん突っ込まない。

突っ込んだ結果、逆に突っ込まれると面倒だ。

ならばいらぬことには手を出さないのが吉というもの。

依頼主が秘密裏に依頼を出した可能性を考えれば、触らぬ神に祟りなしというところだ。

それはともかく、知らずトラブルが起きる前に、お互い認識しておいた方が避けられるというのが太一とミューラの趣旨。

太一とミューラが伝えたのは、要約すると話をしてお互い邪魔をしない、時には救助も請け負える、ということ。

持ちつ持たれつ。喧嘩《けんか》や争い、いがみ合うことにあまり価値はない。お互い仕事に邁進《まいしん》できるようにしつつ、困った時はお互い様の方針で行こう……。

ということを伝えたのだ。

全く不思議なことではない。互いに同じ領域で仕事をする必要があるのだ。

こうしてコミュニケーションをとるのは全くおかしなことではなかった。

「二人か？」

「あと二人いるわ。諸事情で別行動だけれど」

「そうか。ここは危険だぜ、二人ってのはいささか不用心じゃないか」

「ちょっと、他所のパーティの事情に口出さないでよ」

「それもそうか」

「二人でもどうにかなってるからな。でもそろそろ合流して帰ろうかと思ってたところなんだが」

「この辺りの土地勘がなくてね。自分たちがどこにいるのか見失ってしまったのよ」

太一とミューラとしては、Aランク冒険者が対処するような魔物が普通に闊歩《かっぽ》するこの土地でその言い訳は少しばかり苦しいと思っていた。

しかし、それ以外に言い訳が思いつかなかった。

下手に言葉を重ねるよりも、自分たちがドジを踏んだという方が信憑《しんぴょう》性があると考えたわけだ。

ここを歩けるにしては用意が不十分な気がすると思われているようだ。

一方、土地勘がないところで奥地まで行くと、上級冒険者でも迷うことがあるのはまあ起こることだ。

それは準備をしてきても同じこと。

決して他人事ではない。

強敵と戦っていたら、気付いたら意図せぬ方向に移動してしまい、自分を見失う結果に陥ることも普通にある。

誰にでも起こることなのだ。

三人は太一たちの言い訳を「明日は我が身」と思ったようだった。

実際は当然、太一たちが迷うことはない。レミーアと凛はそんなドジを踏まないし、ミューラも同様。太一は方向音痴なところがあるのでやや怪しいが、迷ったら空を飛んで地形を確認すればいいので何気に一番迷いにくい。

「そういうこともあるか」

「合流する場所は決めているの？」

「ああ。一応それは決めてある。ここからそう遠くはないから、困ったらそこで待つ、って感じになってるんだ」

「そんならいいけどな。こっちも素材集め終わってねぇからな、あと一匹倒さなきゃいけねぇ」

「へえ、どんな魔物だ」

「こういうやつだ」

魔術師の男が話す魔物の特徴。それは太一とミューラが何度も倒してきた、フォレストタイガーのことだった。

ただし色が違うので、おそらくは森ではなく山で生きるのに適応したのだと思われる。亜種、といったところか。

「ああ、それなら向こうで見たぜ。遠かったし、狩りが目的じゃないからスルーしたけどな」

こっそりとシルフィに場所を確認してもらいながらそんなことを言う。

「そうか。良かったら案内してくれないか」

案の定、彼らは喰いついてきた。

「ああ、いいぜ」

「いいのか、横取りはしたくないんだが」

「構わないわ。スルーした魔物だもの。襲われない限りは倒すつもりはなかったのよ」

「それならいいんだけどね。じゃあ、案内を頼みたいのだけど」

「準備はいいのか？」

三人が間髪いれずうなずいたので、太一は先導するように歩き出した。

しばらく歩くと、遠くにフォレストタイガー亜種を発見した。

ひたすら肉弾戦で戦うのだが、強靭な肉体とパワー、大きな身体でありながら俊敏でバランス感覚もいい。

特殊能力はないながら実に分かりやすい強さである。

太一たちそれ以上近づかないと宣言し、立ち止まる。

三人はありがたそうにフォレストタイガー亜種に近づき、狩りを開始した。

終始危なげない形で戦闘を行い、無事に勝利を収めたのは数分後のこと。

あの戦闘を見る限り、バラダーたちよりも二段から三段は上の領域にいることが分かる。

「あの三人すげぇ」

「そうね。かなりできるわね」

遠目から見た感じだが、スピード、パワー、技術、そして連携も相当なものだ。

凛とミューラに迫るのは間違いない。ともすれば上回っている可能性も十分ある、とミューラは心の中で評した。

凛とミューラを上回る可能性がある存在などそう出会わなかったのは間違いない。

なお、当然ながら精霊魔術を使わなかった場合のこと。これを使った場合、力の桁《けた》が数段というレベルで変わるので、後は推して知るべしというところだ。

そんなことを話しているうちに、三人組はフォレストタイガー亜種を倒して素材をはぎ取っていた。

「レミーアさんたちに連絡した？」

「ああ」

突発的事態ではあったが、こうして彼らと一時的に距離を取る時間ができたのが良かった。

彼らにとっては倒すのは難しくないが、速攻で倒せる類の生物でもない。

彼らが狩りを行っている間、太一は凛とレミーアに、もろもろの口裏合わせをするため連絡を行った。

その一つに待ち合わせ場所の選定がある。

この隣の山の崖に、特徴的な四つの岩が組み合っている場所があるのだ。

奇跡的なバランスで組み合わないと、間違いなく落下しているであろう岩が四つ。

そこがパッと見て分かりやすい目的地だ。凛もレミーアも、その岩のことを知っていたから、というのもあった。

凛とレミーアから了承の回答をもらったところで、どうやらあちらの戦闘も終了したよ

うだ

確実に仕留めたことを確認した三人は、はぎ取りにかかっている。

しばらくして太一とミューラの元に戻ってきた三人は、素材に加え討伐の証拠も採取できたことで一仕事終えた顔をしていた。

「うまくいったみたいだな」

太一がそう言うと、彼らは笑った。

「おかげさまでね、助かったわ、本当に」

「今日見つけられなきゃ明日、それもだめなら明後日、ってなりかねないからな」

「そうそう。何度もこの山に来るなんて考えたくもねぇよ」

なるほど確かに。

ミューラはとても共感できた。

精霊の力が借りられないと仮定すれば、この山で活動する場合の危険度はかなり跳ね上がるからだ。

その点は太一には無縁だったが、何度も同じことをしなければならない、というのは面倒極まりないというのは激しく同意するところ。

何より、一日で片づけられた方が、時間給という観点で言えば圧倒的にお得だ。

「よし、じゃあお前さんたちが仲間と合流したら、街に帰るとするか」

用事が済んだのなら長居は無用。

そう言わんばかりに歩き出す三人について歩くことで、太一とミューラは同意を示した。

歩きながら自己紹介をする。

今更であるのは否定しない。

お互いこんな危険地帯で遭遇したということで、相手への警戒などを優先したのだ。

今は過度に警戒する必要がなくなったということ。

盾と片手剣のオーソドックスなスタイルの男はエンキド。

弓矢とサブウェポンに少し刃渡りが長めの剣鉈の女はイルーシャ。

杖を持った魔術師スタイルの男はディィルと名乗った。

太一とミューラも改めて名乗った。

歩きながら、簡単に情報交換をする。

太一たちは、前述の通り自分たちの居場所を見失ってしまったという体だ。覚えているのは、今日歩いたここら辺一帯のことのみで、どちらに向かえば下山できるのか、街に着くのかが分からなくなっている。

なので分かるところだけを歩いて回り、大きく進路転換はしていないのだと説明した。

チームを二手に分けているのも、どこかに思い出す何かがないかのきっかけを探すのに効率がいいからだ。

……と説明すると、エンキドたちは納得したようだった。

「しかし、ここいらにとどまっていたのは正解だったな」

「そうねぇ。あの山を越えた先には行かなくて済んだものね」

「……何があるんだ？」

彼らが示す山。それを越えた先は砦《とりで》がある。

向こうには行きたくはない。

彼ら現地人を連れて行くわけにはいかないのだ。

だが、ただ嫌がると露骨に見えてしまい逆に怪しくなってしまう。

そう思っていたのだが、山を越えないようにすべき、と相手側から言い出してきたことで、非常にやりやすくなった。

「一〇〇年前、調査に行ってな、出てくる魔物があまりに危険だってんで立ち入り禁止になってんだ」

「その魔物がこの山脈を越えてまでくることはまれなの。でもたまにあるから実力を認められた冒険者が定期的に山に立ち入って間引きしているのよ」

「おれたちはその依頼を受けたわけだ。ついでに素材も希少だからな。危険なぶん稼ぎもいいってわけだ」

そういうことか。

筋が通っている話だった。

ところで、勘違いしがちであるが、フォレストタイガーは太一たちやエンキドたちだから勝てると踏んで戦いを挑む。

実際に戦った太一などは、間違いなくAランクに位置する生物であると判断するようなモンスターだ。

「お前たちもそっちには入ってないよな」

「ええ。嫌な予感がして近寄らないようにはしてたわ」

「お前らみたいに情報は得てないけどな。でも、俺たちのカンがヤバいって訴えててな」

「そうね。馬鹿にならないものの、そういうの」

分かるでしょう？　とミューラが目で問えば、エンキドたちも深くうなずいた。

この山で生き残れるだけの実力がある冒険者が積み上げてきたカン。

馬鹿にできるはずがない。

自分たちもそれで何度となく窮地に陥らずに済んだ経験があるのだから。

実際は、彼らの話が渡りに船だったので、太一とミューラが乗っかっただけなのだが。

「まあ無事なんだからそうだとは思ってたけどな」

「じゃあ、オレたちは街に帰るぜ」

そう言いながら、エンキドは小さな革袋を一つ、ミューラに投げてよこした。

「これは?」

「こいつは案内料だ」

「さすがにただで、ってわけにはいかないからな」

「そうね。分かるでしょ?」

太一もミューラもうなずいた。

いわゆる貸し借りを作らない、ということだ。

借りがある状態というのは非常に気持ち悪いものだ。

得をした、と喜べる悪党ならばいいのだが、彼らは善人だ。

貸し借りがあるとお互いのためにはならない。

彼らと同じ立場だったら、太一とミューラも同様のことをしただろう。

「それじゃあな、助かったぜ」

「無事に街に帰れることを願っているわ」

「気を付けて街に帰れよ」

「お前らもこんなとこで野垂れ死ぬなよ」

三人はそう言って去っていった。

彼らの背中を見送り、太一たちも背を向けて歩き出す。

　そして数分歩いたところで、二人同時に立ち止まった。

「……ずいぶん離れたわね」

「そうだな」

　お互いに山を移動したのだが、既に一キロ以上離れている。

　高ランク冒険者ならではの卓越した身体能力故に、普通に歩いていても一般人より速いからだ。

「さて、街はあっちの方ね」

　もうすでに豆粒のようになってしまった三人組の背中を目で追いかけた。

　地形などの問題もあるので真っ直ぐそちらに向かっているとは限らないが、おおよその方向はあっているだろう。

「街か。行ってみたいな」

　太一のそれは、純粋に見てみたい、という割合が強い。

「ちょっと語弊があるわね。あたしたちの状況からすると、行かねばならない、よ」

「それもそうだ」

　しかしミューラに訂正され、すぐにそれを認めた。

　大山脈に隔てられてはいるが、直線距離としてはそう遠くない場所に街があることが分かったのだ。

この世界を見に来た、という目的である以上、それを見逃す手はない。

ただ、じゃあ今から行こう、というわけにはいかない。

勝手に動いていいわけではない。

何事にも報告連絡相談が要る。

アルガティに報告し、しかるべき確認を行うべきなのだ。

再び歩き出し、凛、レミーアと合流する。

目印となる場所がある、というのはうそではない。

先程までいた山の隣にある山。その山の崖には特徴的な四つの岩が組み合っている場所がある。

三人組に伝えたことは本当のことだった。

ただ、先程までいた山を裾野付近まで下りてからつながっている山に再び登り、見えていたシルエットの背後の方にまで回る必要があった。

言葉にすると山を下山してまた登り、四つの岩が組み合っている場所まで到着した、と簡単に表せるが、道のりはそう簡単なものではない。

「ふむ、確かにお前たちの言うことももっともだ」

歩きながら太一とミューラで考えたことをレミーアに伝えると、彼女はそれに同意してくれた。

横では凛もうんうん、とうなずいている。

「勝手には動けぬな。いや、できるがその後が恐ろしい」

そう。

太一はアルガティに対してそこまで恐ろしいとは思っていないが、凛たちは違う。

精霊の力を借りられるようになったからこそ力の差が分かり、どれだけ恐ろしいのかを肌で感じられるようになったからだ。

「よし、じゃあ拠点に帰ってアルガティに聞いてみるか」

とにもかくにも相談だ。

歩いて帰ってもいいのだが、時間が惜しい。

太一は全員を飛ばして高速で第二拠点へ。

全力で進んでも片道数時間はかかる帰り道を大幅にショートカットした。

まずはフィリップに事の次第と考えを相談する。

「なるほど、街ですか……。それは確かに気になりますね」

彼は顎《あご》に手を当てて少し考えたが、すぐに答えが出たようだ。

「分かりました。では一度砦《とりで》の方に戻って相談してみるといいでしょう。ついでに、報告もしてもらえると助かります」

「確かにその方が無駄がないな。承ろう」

「ありがとうございます。では翌朝においでください。それまでには報告書を仕上げておきますので」

太一たちの考えに理解を示すフィリップ。

行き掛けの駄賃に彼の頼みも引き受けて、一晩じっくり休んだその翌朝。

宣言通り仕上がっていた報告書を受け取り、太一たちは今度は砦《とりで》に移動した。

アルガティは砦の一室にて優雅に紅茶をたしなんでいた。

全体的に暗めの部屋にたたずむその姿は、妙に様になっている。

「……我に相談がある、とのことだが」

アルガティが紅茶のカップをテーブルに置き、太一たちに向き直る。

「ああ。俺たちは向こうの山を探索してたんだ」

ちょうど、この部屋は窓から山脈が見える間取りになっている。

はるか先に、山脈がやや霞んで見えた。

その中に太一たちが探索していた山もある。

「調査は順調のようだな」

「それについての報告書も持ってきてるけどどうするよ？」

太一が懐から羊皮紙を取り出すのを見て、アルガティが笑った。

「そうか。カイエンに渡してやれ」

「見なくてもいいのか？」

「我が運営しているわけではないのでな」

「それもそうか」

彼が要らないというのならばそれでいい。

太一は報告書を懐にしまいなおした。

「じゃあ改めてお前に相談だ。あの山でな、現地の冒険者に出会った」

「ほう？」

現地住民との邂逅《かいこう》、という報告はさすがにアルガティの興味を引いたようだ。

彼は片方の眉を上げて太一を見た。

「あの山は、歩いて探索したら俺やお前でも数日はかかるくらいには広大だ」

太一の言うことを、アルガティは正確に理解した。

「我や貴様でもそうなるということは、ただの人の子には言わずもがなであろうよ」

「魔物の強さと冒険者ランクを鑑みると、少なくとも馬車かなんかで万全の準備をして山に乗り込んできてるはずだ」

「少年が言う通り手荷物だけで乗り込めるような場所ではあるまい。しかし、話の肝はそこではないな」

「馬車なりなんなりで向かえるくらいの距離に街があるんだろうな」

「うむ。……あの巨大な山脈が文字通り障壁になっているというわけで、距離的には近い場所に文明圏があったということか」

「お前も気付いてなかったのか？」

「うむ。貴様らが我に話を持ってきたのは良き判断であった」

アルガティは立ち上がると、窓から外を見やった。

「アルティアがセルティアに拠点を構えているのはこの地一か所のみだ。シェイド様の肝入りでな」

セルティアはいくつもの場所にランダムに時空の穴を空けてアルティアに乗り込もうとしているのだという。

まさに手あたり次第と、数撃てば当たるといった様相で、都度シェイドが潰してはいるものの、中には零れ落ちる穴もあるのだとか。

時空を超える穴を無数に空ける。

すさまじい攻勢ではあるが、欠点もある。

せっかく開けた穴を隠蔽《いんぺい》する余裕がない、ということだ。

一方でアルティア——シェイドがとった方策は、穴を空けるのは一か所のみ。そこに全リソースを注ぎ、全力で隠蔽して拠点を構築する、というものだ。

そのために専用の隠蔽術式を開発しており、だからこそこの土地はセルティア側に露見していないのだとか。

仮にバレていれば、即刻処理のための人員が送られているのは想像に難くない。

セルティアとしては見逃す理由は全くないのだから。

さて、英断だった、というのは、先の隠蔽術式に関連するのだという。

「この土地を隠匿するための専用の術式の効果は、認識の阻害と人払いの術式だ。こちらに向かおうとすると得も言われぬ不安を覚え、見ようとすると意味もなく視線を逸らしたくなるというもの」

言ってみればそれだけなのだとか。

ただ、だからこそ効果的なのだ、とも。

もともとかなり危険な魔物も複数棲息しており、実際によほどの実力がなければ立ち入ろうとも考えない魔の領域。

一〇〇年前に調査が行われたが、相当な犠牲を払ったうえでかなり危険なことが分かり、それ以降はリスクにリターンが見合うとも思えず近寄らないようにしているのだとか。

恐ろしい場所である、という人々の認識に、忌避したくなるように仕向ける人払い。

そして、もともとただの魔物の領域であり、これまでもこれからも何も変化はない、自然そのままであると思わせる認識阻害。

だからこそ、太一たちが精霊の力を借りようとも、アルガティがその力を振るおうとも、露見しないということ。

セルティア側もアルティアの動向には注視しているのだろうが、シェイドが組んだ術式だ。

シェイドが自身と同格の相手にも通じるようにと編み上げたものなのだから、簡単にバレたりはしないというわけである。

「そして、効果がそれだけであるからこそ、かなりの範囲を術式でカバーできている」

少なくとも、あの山脈は術式の範囲内なのだとか。

もちろん山脈の端までいくと術式の範囲ギリギリなので効果はやや落ちているようだが、それでも影響はあるという。

恐ろしく広大な術だが、太一はもちろん、凛もミューラもレミーアも驚きはなかった。

何せその術式を作ったのはシェイド本人なのだから。

太一たちでは想像もつかないような存在、闇の精霊シェイド。

彼女であればなんでもありでも驚くに値しない。

「だが、さすがにこの術式の効果範囲外に闇雲に出ては、即座にセルティア側に察知されるであろう」

セルティアがやっているアルティアへの工作行為を、アルティアがやっていないわけがない、と思うのは当たり前の話である。

今も痕跡がないか探しているに違いない。

その痕跡をむざむざと見せるわけにはいかないのである。

「勝手に山を越えられては困るのはそういう理由だ」

「ああ、やっぱり確認してよかったな」

勝手に動かない、というのは正解だったようだ。

「だが、貴様らが言う街での調査の必要性は我も理解した。故に……」

そう言うと、アルガティは四つの指輪をテーブルに置いた。

「これは?」

「うむ。シェイド様にご用意いただいた、個人専用の隠蔽《いんぺい》術式が込められた魔道具である」

「シェイドが用意したのか」

「そうだ。こんなこともあろうかとご用意なされたようだ」

「へえ?」

「こやつを肌身離さず装着しているのならば、街への偵察及び現地での調査を許可しても良い、とおっしゃられていた」

「なるほどな……どこまで見えてんだろうな、シェイドは」

「ふん……我らのような凡夫に、あの方のお考えを察するなど不可能だ」

アルガティがそう言って笑う。

確かに、と太一は納得せざるを得なかった。

あれだけの存在だ。

太一などに分かるはずもあるまい。

「まあいいや。これがあれば街中にも入れるんだな?」

「うむ、必要な魔力は都度装備者自身が充填《じゅうてん》して使う仕組みと仰せだ」

こまごまとした注意事項を受け取る。

目の前にいてはさすがに認識阻害で見えにくくすることも叶わない。

両者ともに相手がいることを分かっているからだ。

「では、ゆくがよい」

「分かった、行って来るぜ」

「収穫があると良いがな?」

「何かがあればな。ま、過度な期待はしないでおくさ」

アルガティに促され、太一たちは指輪をそれぞれ合う指にはめ、アルガティのもとを辞した。

第八十四話　霊峰　神殿　精霊

こんな簡単に対策が手に入るとは思っていなかったが、それはともかく。

太一たちの次の行動が決まった。

セルティアに来て最初の街に潜入し、情報を仕入れてくることだ。

「この魔道具はすさまじいものだな」

「そうですね。全く気付かれませんでした」

ミューラとレミーアは、自身の指にはまっている指輪をまじまじと見ている。

「再利用可能だもんね、これ」

「ああ、仕組みもサッパリだしな」

認識阻害や人払いの隠蔽《いんぺい》術式を、装備者個人に影響させる魔道具。

何より、この魔道具を知っている存在は隠蔽魔術の対象外になるので、見失うこともない。

あまりに高度なため、レミーアが見てもシルフィたちが見ても、どんな構造になっているかは分からなかった。

シルフィたちはある程度「こうかな？」程度のことは分かったそうなのだが、あくまでも大枠だけで、細部はさっぱりだという。

「魔力消費が抑えられている点もすごいと思います」

「効果時間はあるが、魔力を継ぎ足せば継続して行える点も実に素晴らしい」

隠蔽《いんぺい》術式は魔力フル充填《じゅうてん》でおおよそ一時間ほど稼働する。

指輪には三つの小さな宝石がはめ込まれており、発動するとその全てが輝くのだ。

更に、効果時間が減るごとに一つずつ輝きが消えていき、最後のひとつが消えそうになると点滅するようになる。

点滅したところで魔力を継ぎ足せば、効果時間を延長させられる。

魔力消費の少なさといい、長く使いたければ途中で都度魔力を補充すれば稼働時間を延長できる点といい、使い勝手という面に重きを置いて作成された魔道具。

魔道具の行きつく先、完成品の道のひとつを見せられた気分だった。

「さて、感慨に浸るのもいいが、まずはすべきことをこなすとしよう」

「そうですね」

「分かりました」

「了解」

魔道具に感動してばかりいるわけにもいかない。

高度な魔道具だが、「良かった」と使った感想を述べるためのものではない。

「私とミューラはこの街の図書館に潜り込むとしよう」

「私たちは、冒険者ギルドの資料室に向かいますね」

太一たちは調査に来たのだ。

この街に潜入するための魔道具。

もたもたとここで雑談するのが目的ではなかった。

「では、今から魔道具の魔力を満タンにする。その後に五回魔力を供給した時点で調査は中断し撤収、一度街の外で落ち合うとしよう」

「了解。場所は？」

「南門から出て街道をしばらく進むと左手に森が見えたのを覚えているか？」

「覚えてます。じゃあ、そこにしましょう」

「よろしい。行くとしよう」

四人は顔を見合わせてうなずき合い、それぞれの目的地に向かって歩き出した。

◇◆◇◆◇◆◇◆

辺境都市、エルラ・クオステ。
それが、太一たちが侵入した街の名前である。

太一が上空から地上を観察し、山脈を渡った先にある最も近い街がエルラ・クオステだ。アズパイアよりも確実に広く大きく、発展している。

どこかの露天商が客に向けて言った「辺境随一の大都市」という言葉は間違っていなかった。

人口はおよそ二〇万人はいるだろうか。

辺境の大都市。

この地方では最大級であり、隣の国に行くためには必ず立ち寄る要衝の地である。

思いのほか大きい都市であったため、都市機能はかなり充実している。

山で出会った三人組は間違いなくこの街に帰還したのだろう。

これほどの街があるなら、近場に小さな街があろうとこちらを拠点にした方が間違いないくいい。大きい都市になる分ありとあらゆるものが割高で、恵まれた暮らしをしようと思えば思うほどコストはかさむ。

どの分野の仕事であっても駆け出しには痛手であり、とてもではないが豊かな暮らしは難しい。

ただ、あの山に登れるだけの実力があるならば、こういった都市を拠点にしていても金銭的には全く問題がないだろう。

なぜコストがかさむのか。

様々なものが揃《そろ》っているために便利で、故に人の往来が激しいからだ。

誰もが住みたいと思うからこそ人が集まり、集まる人を目的に人が集まり、集まった人々が経済活動にいそしむ。

様々な物が揃っている。物だけでなく情報もだ。

この地方一帯の集積場と表現してもよく、今回の調査にもうってつけだった。

「ギルドも結構でかいな」

「そうだね」

太一と凛は冒険者ギルドの書庫に潜入し、様々な文献と記録をあさっていた。

さすがに大きな街のギルドだけあって建物自体も相当大きい。

少なくともアズパイアのギルドとは比べ物にもならなかった。

その書庫で探しているのだが、どうやらこのギルドは文献と記録の価値を分かっているようで、それなりに整理整頓されているので探しやすい。

ギルドによっては整理されてないところも普通にあるのは知っている。

「どうだ？」

「まだ～。太一も？」

「俺もだな」

これで二回目の進捗《しんちょく》共有タイム。

魔道具の魔力が切れかけるたびに合流して状況を報告することにしている。

二時間経過したが、今のところめぼしい情報はなかった。

既に二時間こもっているが、誰も人は来ていない。

まあ、ギルドの書庫などはほとんど人が来ないものだ。

それは世界が変わっても同様のようである。

「今日中には見つからないかもね」

「まあなあ。つうか、一日じゃ見切れないよな、これ」

「そうだね」

二人で書庫を見渡す。そしてほぼ同時に苦笑い。

結構広いのだ、この書庫。

まず蔵書の数もそれに見合ったボリュームがある。

一冊一冊をじっくり読む、というようなことはしていないが、目次がないものだったりすると、ある程度目を通す必要がある。

序盤で「これは関係ないな」と弾くことができればいいのだが、それっぽいことが書いてあると無視もできない。

これが正規手続きを踏んでここに立ち入っているのならばそれらしきものを見つけたらピックアップしておけるのだが、あいにく今は不法侵入している立場だ。

突如人がくるかも、と考えると散らかすような真似はできない。

「レミーアさんも一日で見つけろ、とは言ってないから、見つからなかったら明日かな」

「今日で見つける、とかって思わない方が良さそうだな」

「うん。ま、こっちにはなくて向こうにあるかもしれないし、気楽にやろうか」

「そーだな」

だからこその二方面作戦。

仰々しい言い方をしてしまったが、やっていることはシンプルだ。

そうして調査を続けて二日が経過し、三日目。

これでギルドの書庫の七割の文献および資料の確認を終えた。

長い道のりではあったが、それも仕方なし。

通っていた中学や高校の図書室を超える蔵書量がありながら、図書室のように整理はされていないのだ。

図書室でさえ、目的の書籍を探すのは苦労する。

よく使われるものは手前の棚にまとめてあるので苦労はしないだろうが、それ以外の書籍は棚には収まっているが、体系的に収められてはいない。整理されているとは言ったが、比較的という注釈をつけるべき、と調査しながら認識を改めた。

「向こうでもめぼしい成果はないみたいだしな」

「仕方ないよ。こっちとは量も桁違《けたちが》いだもんね」

「ああ、はやくこっちにこい、ってついに言われたもんな」

本の虫であるレミーアでさえ、あまりの量に少々参っている様子だった。

一〇〇ページもあるような本はあまり多くはない。この世界の装丁技術では普通のことだ。魔導書、魔術書の分厚さの方が珍しいのである。

さて、太一と凛が調査するにあたって気を付けていることは、人がいつ入ってきてもいいように読んだ本は必ず都度戻して次の本を取るようにしていることだ。

隠蔽《いんぺい》術式があるのでバレる可能性は限りなく低いが、書庫が散らかっていたら不審に思われる。それを防ぐため。

しかし、本を持って読んでいる分にはばれたりはしない。

たとえ真横で読んでいてもだ。

そんなリスクはおかしてはいないが、近いことは起きた。

書庫を訪れた者が扉を開けたとき、太一と凛はちょうど扉の真正面にいたのだ。

思わず身を固くした二人だったが、書庫を訪れたギルド職員は正面を向いていても太一と凛を見ている様子はなく、そのまましばらく二人と少し離れたところで本棚を物色し、やがて出て行った。

ほっと安堵《あんど》したのと同時に、隠蔽の術式のとんでもない効果に改めて驚愕したのは記憶

かの本。

気が滅入らないよう、見つからなくて当然、という気持ちで手に取った、今日何十冊目に新しい。

「……ん？」

凛は気になる記述を見つけた。

タイトルは調査報告字引、となっていたからだ。

これは当たりかもしれない。

当たりでなくても、取っ掛かりがつかめるかもしれない。

高まる期待。期待するなと自分をいさめながら、凛は本を開いた。

数ページ読み進めて理解した。

これは、今いる都市エルラ・クオステを中心に、周辺で行われた全ての調査について、時期や人数、結果などの概要といった大雑把《おおざっぱ》なことが記述されていた。

内容を正確に細部まで把握するためのものではない。

当該時期に行われた調査についてと、その前後に何が行われたか、何が起きたかを把握して因果関係を調べるための目次として使うためのものになるだろう。

で、あれば、だ。

あの山について、そしてその先にある領域についての調査も行われたに違いない。

一〇〇年も昔のことだそうだが、記録には残っていてもおかしくない。

読み進めていくと、ついに見つけた。

『ドスケル山脈についての調査』

どうやらあの山脈はドスケル山脈というらしい。

さっと目を通す。

当時、調査に向かったのは、護衛役であるAランク冒険者パーティ一組とBランク冒険者パーティ二組。

そして学術的に調査するための学者が二名、冒険者ギルドから派遣された職員三名の総勢二一名だったようだ。

彼らは危険であると分かっている山に分け入った。

当然ながら襲ってくる魔物のレベルは高い。

散発的に襲ってくる魔物をどうにか退けながらも長い長い山脈を徒歩で踏破した彼らがたどり着いた領域は、山にいた魔物と遜色《そんしょく》ないレベル、という魔境であった。

これはあまりにも危険すぎると即座に帰還することを決めた。

往路だけで体力をかなり消耗し、休む間もなく復路に挑む。

当然ながら護衛も護衛対象もボロボロであり、無事に街に帰還できたのは出発時の半分以下、八名だった。

Aランクパーティも Bランクパーティも半壊。学者は一人死亡、ギルド職員も二名死亡という暗澹《あんたん》たる結果。

貴重な高ランク冒険者を散らせてしまった損失は大きく、それ以上の損害を出さないようにするために、エルラ・クオステ当局は山脈への立ち入りは厳しい審査を伴う許可制にしたのだという。

「……なるほどね」

Aランク冒険者と言っても実力はピンキリ。

護衛についた冒険者の実力のほどはもはや推測することしかできない。

ただ、それほどの損害を出したのであれば、山への立ち入りが制限されるのも、山脈を越えるのも忌避されるのは分かる話だった。

凛はその時期を見た。

エルラ歴五一四年とあった。

そして直近の記録はエルラ歴六一六年となっている。

この暦がセルティア共通のものかは分からない。どちらでも構わない。

確かに約一〇〇年前に起きた出来事だ、ということが分かればよい。

魔力補充の時間が来たので、凛は調査報告字引を持って太一のところに向かう。

そしてそのページを読ませた。

「こりゃあ、当時のギルドも困っただろうな」

「うん……相当危険だから、無闇《むやみ》に立ち入っちゃいけない、というのが分かったのが収穫、って感じで……」

「ああ……犠牲を無駄にしないためにも、プラスの面を探して着地させた、ってところか」

「だと思うよ？」

分かる話である。

もはや一〇〇年も前の話なのでどうもこうもないのだが、同じ冒険者として、散っていった彼らに哀悼《あいとう》の意を示す。

「俺も気になるもん見つけたんだよな」

「ふうん？」

凛が小首をかしげる。太一は彼女に書籍を渡した。

それは民謡の本だった。

「これは……この地域に住んでる先住民の言い伝えかな？」

読み進めていくなかで、凛は内容についてそう答えた。

「そうだと思うぜ」

更に読んでいくと、山脈についての記述があった。

「うん……？　山の神？」

「ああ、気になるよな」

かつて魔の神と揉《も》めた山の神は、神同士の戦争に至る前に住んでいた土地を捨てて天を衝きし高い山が連なる山脈に引っ越した。

その山脈に神殿を構築し、そこを新たな神の座とした。

とはいえ山の神はその山では余所者。

いかに山の神といえど、いや山の神だからこそ節度は守られなければならなかった。

そこで、山の神は山々に尋ねた。

ここに神殿を建ててもいいかと。

山々は答えた。この地にいる精霊たちが納得したら許可しよう、と。

精霊たちは気まぐれだった。

山の神は律儀に精霊たちから許可をもらえるよう、あれやこれやと難題に挑み、次々とクリアしていった。

神としての権能で精霊や山々を従えなかった山の神の誠実さに心を打たれた山々は、神殿の建築を許可した。

山の神は精霊たちと協力して神殿を造り上げ、そこでは己だけではなく精霊もまた奉る存在として定義した。

そこは山の神と精霊の安住の地として山々に認められ、彼らの安息の地が出来上がったのだ。


「……神殿だね、これ」

「ああ。気になるよな」

「作り話の可能性もあるよ？　だってこれ神話だもん」

「そうかもだけど、調べる価値もあるだろ？」

「それは否定しない」

むしろ有効な手掛かりになるかもしれない。

この民謡は先住民が言い伝えてきた神話だ。

物語としての完成度も、長い年月を経て洗練されたのかかなり高い。

とはいえ、神殿、そして精霊という文言が気になった。

太一たちはこの世界、セルティアを見に来たのだ。

何か取っ掛かりやきっかけがあるのなら、そこから攻めていくのが当然だった。

「よし、これについて調べてみようか」

「何かあるといいなぁ」

指標がひとつ出来上がったのは大きい。

ついでに報告できるものが増えたのも。

太一と凛は再び書庫の調査に向かうことにする。

山の神殿について何かないか。

あるいはこの神話について研究や考察をした書籍がないかどうか。

調査はともかく、研究や考察の結果は書庫ではなくと図書館にある気もするが、記録として残っているかもしれない。

凛は調査報告字引に向き合う。

違う視点で読んでみることにしたのだ。先程は一〇〇年前の山脈踏破についての報告を探していたので、それ以外についてはサクッと無視していたからだ。

太一は他にも神話はないか探してみることにした。

大きな一歩だった。

ターゲットがあるのとないのでは大きく違う。

飽きが来ていたが気合を入れ直し、やっと半分を超えた書籍の山に向き直るのだったが。

◇◆◇◆◇◆◇◆

ドスケル山脈とは、標高六〇〇〇メートルの霊峰ドスケル山を筆頭に、三〇〇〇メートルから五〇〇〇メートル級の山々が連なる大山脈である。

ルート設定を誤れば数千メートル級の山々を登って下りてを繰り返すことになる。

山脈の中心線はまさに秘境と言ってよく、人が立ち入るような領域ではない。

その堂々たる威容は人の侵入を拒むようにそびえたち、また植物が少なく岩肌がむき出しになった山々は寒々しさを感じさせ、限られた生き物しか生きられないことを如実に物語っていた。

それでもなお。

隠蔽《いんぺい》結界の範囲内となる手近な山の中腹に太一が建てた小屋の中ならば安全だし、標高が高い分寒くもなるが、建物の中は暖かかった。

「うむ。相変わらず快適だな、ここは」

エルラ・クオステで宿は借りられない。

賃貸物件などもってのほか。

街の外で寝泊まりするか、太一の力で都度砦《とりで》に戻るか。

選択肢はその二つだった。

たださすがに都度砦に戻るのは手間が多い。

よって森の中でもそうしたように、太一が小屋を建築して、そこで寝泊まりすることにしたわけだ。

窓などはないが、気にせずに眠れる、というだけでも価値は非常に高い。

特に、人間の手が行き届いていない自然のど真ん中では。

「早いですね。眠れましたか？　レミーアさん」

「ああ。快眠だったとも。ミューラ、お前はどうだ？」

「そうですね。あたしも変わらず、いつも通りです」

「そいつは重畳。……タイチとリンはまだか」

「そうですね」

朝目覚めたレミーアとミューラが、それぞれお湯を沸かして飲む。

暖かいお湯。

土地柄を考えればそれがどれだけ贅沢か、二人とも口に出すまでもなく理解していた。

太一と凛が寝坊しているわけではない。

レミーアとミューラが早く起きただけだ。

先程玄関から外を確認したが、まだ朝焼け、というところ。

今日の予定からするともう少し遅く起きても全く問題ないのだが、目が覚めた後二度寝する気になれなかっただけ。

「しかし、今回はタイチとリンがファインプレーだったな」

「そうですね。まあ、さすがにあの図書館の規模で目的に行き当たるのはちょっと難しいですね」

「司書に尋ねられれば早かったのは間違いないが」

「さすがにそれをするわけにもいきません」

「そうさな」

姿を現しては、何のために隠蔽《いんぺい》術式の魔道具を受け取ったのか、という話になってしまう。

シェイドが手掛けたこの魔道具。必要だから、隠蔽の範囲から出てはまずいから、シェイドはこれを渡してきたのだ。

あくまでもセルティアに連れてきてもらって泊めさせてもらっている、という前提だ。であれば、宿の管理人が「こうしろ」と言ったことは守るべき。

まあ、シェイドに逆らうなど恐ろしくてできないというのも本音だ。

あの理不尽が服を着て歩いている太一をして「ありゃあ勝てない」と言わしめるのが闇の精霊シェイド。

逆らえる者がいるのなら見てみたいところである。

「あやつらがあれを持ってきてからは早かったな」

ギルド所有の書庫の確認を切り上げ、太一と凛はレミーアとミューラに合流した。

一〇〇年前の調査の概要と、神話という情報を引っ提げて。

太一が神話についての書物を見つけた翌日のことだった。

ギルド書庫の確認を続けてもいいのだが、指標が見つかった以上そちらの方面から攻めた方がいいのではないか、と凛が提案し、それをレミーアが認めてそうなった。

四人がかりで図書館の探索を行い、ドスケル山脈にある神殿について記載されていた書物を発見した。

図書館の奥寄りの本棚に陳列されていた。

その書物には、神殿は霊峰ドスケル山にあると書かれている。

一〇〇〇年前に行われた魔境の調査、その時から更に一〇〇〇年以上昔に行われた探索で神殿が発見されたらしい。

ただ非常に危険な場所にあるので、多大な犠牲を払ったのだという。

標高六〇〇〇メートルのドスケル山の山頂近辺に、神殿はあるのだとか。

「タイチがいなければ、厳しい道程になっただろうな」

「それは確かに」

高山は気圧が低く空気も薄く、そしてかなり寒い。

ただ、太一の力があればそれに対処するのは容易い。

無論今のレミーアも同じことができる素質はあるし、事実技術の習熟も進んではいるので、似たようなことは可能だ。

ただ、太一ほどの精度で行うのは難しい。

「何か見つかるといいんですけれど」

「何も見つからなくても構わぬよ。数百年という単位で放置されているような場所だ。むしろ悪しき状態になっていてもおかしくはないな」

「それを考えると、何もない方がいい、とも言えますね」

「うむ。無事に帰還できるということだからな」

寝起きの頭を覚醒させるように一服していると、やがて太一と凛が起床してきた。

全員で朝食を摂り、身支度を整える。

せっかく得た情報だ。何の手掛かりになるかはさっぱり分からないが、それでも、行かないという選択肢はなかった。

「では、行くとしようか」

レミーアの号令で、四人は一路霊峰ドスケル山に向かう。

太一たちが拠点としていた場所からは山を三つほど越えたところにドスケル山はそびえている。

だらだらと向かうつもりはないのだが、なにせ目的地は神殿だ。

下手なショートカットをするとどんなペナルティが科されるか分かったものではない。

理屈がどうとかそういうのは関係ない。

神殿とはそういうものなのだ。

身体強化を施して進む。

これが素の体力で挑むとなったら命がけになっただろう。

普通に滑落などの危険もあるからだ。

そういった事故が起きうることは、太一も凛も知っている。

ただ現在は、日本にいた頃とは比べ物にならない身体能力を発揮することができる。

仮に足を踏み外したとしても、滑落を防ぐ方法はいくらでもあるのだ。

ただの人間ではどうあっても叶わない方法を取れることも大きい。

四人は順調に山脈を踏破し続け、ついに霊峰ドスケル山の中腹にたどり着いた。

「いやあ、高いな」

太一は上を見上げてそうつぶやく。

標高六〇〇〇メートル級。

そんな山を生で見るのは初めてだったのだ。

相当高い山であるが、山脈であるので裾野から登る必要がなかったのは僥倖《ぎょうこう》といったところか。

太一たちは特に立ち止まることなく、霊峰ドスケル山を登っていく。

ここに何かがあるか。それはミィの簡単な探査によって「有り」と判明している。

あの報告書がでっち上げの想像の産物でないことが証明された。

よって「あるかもしれない」ものを手探りで探すという羽目にはならずに済んでいる。

「よ……っと」

ここはかなり急な斜面。命綱がなければ登れないような場所だ。

凛が、杖に生み出した土のかぎ爪を岩に食い込ませて登っている。

その先にある踊り場のような場所には既にミューラがたどり着いており、凛とレミーアが登っている最中だ。

体力を向上させられるからこそ、三人ともそれほど息切れはしていない。

下から見上げながら、太一はそんな感想を抱いた。

なお、太一が最後なのは、誰かが滑落した場合の受け止め役である。

それを気にするほど三人のスペックが低いわけではないが、万が一というのはどこにでも起こりえる。

仮に落ちても風に巻いて浮かせてしまえばいいので、どうということはない。

ふと軽く背後を振り返り、下をのぞき見た。

(おー、たけーたけー)

太一が今いる場所は幅が一メートルほどの道で、背後は一〇〇メートルにもなるであろう断崖絶壁だ。

かつてならば足がすくんでへたり込んでしまっていても全くおかしくはないが、今は足を滑らせたところで飛べばいいためまったく恐怖心がない。

やがて三人とも、頭上およそ三〇メートルほどだろうか、踊り場にたどり着いていた。

そこで小休止することになっている。というのも、比較的平らで直径五メートルほどの足場があるのが分かっているからだ。

平らと言ってもごつごつはしているのだが、標高六〇〇〇メートルの山を登っているこの環境では恵まれている休憩場所と言えるだろう。

それぞれ携帯食料を取り出して口に含む。

ついでに、太一はその辺の岩を使って鍋とコップ代わりのものを用意した。

水洗いしてからそこに水を溜めて火をおこし、お湯を沸かす。

空気調節のために和らいではいるが、この場所は既に極寒の地。

暖かいものは心に沁みることだろう。

四人でお湯を呑んで一息。

「ふむ……かつての調査隊が進んだ道が使えて何よりだな」

ここまでは比較的順調である。

というのも、二〇〇年以上昔の報告書には、大雑把《おおざっぱ》ではあるが道のりも記載されていたからだ。

後進が神殿を調査する際の道しるべになるように書き記したのだろう。

実際は払った犠牲が大きすぎて、二度と調査は行われなかったようだが。

当時命からがら帰還した調査隊の遺志を継いでいる、と言えなくもないだろうか。

「さすがに環境が厳しいし、風化が進んでるかと思ってたけど」

「そういう場所もあったけれど、進む分には問題なかったね」

「そうね、幸運だったわ」

高山であるがゆえか、風もかなり強い。

そして山の天気は変わりやすい。既に数時間登っているが、晴れたと思ったら急に曇り、何度も雨に打たれた。

雨粒はウンディーネの力で逸らし、風はシルフィの力で避けてきた。

ただまともに受けていたらもっと消耗していたことだろう。

「よし、行くとするか」

「分かりました」

長々と立ち止まるとその分到着が遅くなる。

そこそこで休憩を切り上げ、再び登山に勤しむことにする。

厳しくなり続ける登山道……と呼ぶには厳しい、岩と砂と万年雪と氷の道を進み続ける。柵もなければ階段もない。高さ五メートルの岩を飛び越える、など日常茶飯事だ。

この程度はむしろ楽な部類に入る。

飛び乗った岩には杭を打ち込んだ形跡があり、ロープを張って登ったことがうかがえる。

二〇〇年前の残滓《ざんし》を前に感慨に浸る間もなく天気は急に荒れ模様。吹雪が起こった。

視界が悪すぎて進めないので手ごろな岩を加工して屋根を作り避難した。

吹雪が全く収まらないので、ついでにここで一晩を明かすことにする。

翌朝、雪が止むと、外は快晴であった。

既に登り始めてから一日以上が経過している。

更に登り続けて……ついに。

「ここか」

太一たちの目の前には、明らかに自然物ではない入り口が見えた。

人が三人並んで通れるくらいの岩の入り口。

それが、切り立った崖の麓《ふもと》に作られていた。

長年厳しい風雨にさらされ続けていたにもかかわらず、まったく風化した様子がない。

「……飾り気こそないが、実に品格を感じさせるな」

扉もない、ただの入り口。

長方形の岩のアーチをそこに置いて穴を掘り進めたかのようなシンプルなつくりだ。

その岩のアーチにはシンプルなレリーフが彫られている。

全く華美ではない。

しかしレミーアが言う通り、シンプルが故の品の良さ、のようなものは確かに感じた。

「ずいぶん、高いところまで登って来たね」

凛は振り返って、広がる絶景を眺めている。

見上げれば山頂までは後少しというところだ。

空は快晴。天が近い。

見下ろせば、大地が広がっている。

エルラ・クオステも見える。

「ああ……こういう景色が見たくて、登山する人もいるんだろうな」

俺には理解できないけどな、と太一は笑った。

登山家、と呼ばれる冒険家は地球にもいた。

偉大な登山家が「そこに山があるから登るのだ」という趣旨の名言を残したことも知っている。

しかし太一には、何が楽しいのかさっぱり理解できなかったものだ。

登りたいとは思ったことはない。

ただ、この光景を見ると、だから登るのだろうか、と思わずにはいられなかった。

「晴れてるから見晴らしもいいわね。これは見事なものだわ」

自然という最高の絵師が描き上げたパノラマ。
ほんの少しの間だけ、これを目に焼き付けても構わないだろう。
「満足したら、中に入るぞ」
レミーアもまた、多少はお目こぼししてくれるようだ。
太一、凛、ミューラは少しの間その景色を見やると、誰ともなく踵《きびす》を返した。
景色に感動するのもほどほどに。
せっかくたどり着いた神殿だ。
これがもともとの目的なのだ。
三人は神殿に向かって歩き出した。
神殿に入ると、すぐさま階段があった。
やはり自然物ではない。
明らかに何者かが創り上げたものだ。
しばらく登っていくと、広間があり、奥には巨大な扉が見える。
入り口といい、階段といい、そしてこの広間と扉といい。
「どうやら、神話に語り継がれたことは当たらずとも遠からず、といったところだな」
周囲を見渡し、しゃがみ込んで床を見つめながらレミーアは言った。
まず普通の神経をしていたら、こんなところに神殿を建てようなどとは思わない。

建てるだけなら、時間さえあればできなくもない。

ただ、そのための準備を考えるだけでめまいがしそうだった。

神殿をここに建てるのならば、まずその前に滞在する拠点を作る必要がある。

日帰りで建築できるわけがないからだ。

この寒さに耐えられるよう拠点を構築せねばならない上、気を付けなければならないのはそれだけではない。

かかるコストとかける命を天秤にかけたら、ここに神殿を建てる、なんて選択はしないのが当たり前なのだから。

「見事なものだわ」

壁も、床も、天井も、階段も。

人の手で作られたにしてはあまりにも質がいい。

それはミューラたちも同感である。

「この材質なんだろうね？」

見た目はのっぺりした灰色でコンクリートのようにも見えるが、どうやら違う様子だ。

軽くノックすると、まるで金属を叩いたかのような音がする。

「ミィ、これ何か分かるか？」

その様子を見ていた太一は、土の精霊に問いかけてみる。

何で出来てるのか太一も判断ができない。

しかし土の精霊ならば。

「これは……」

ミィは壁に手を付けて少し考える。

「どうだ？　なんか分かったか？」

「うん……分かったけど、ボクの口から答えるのはちょっと、ね」

「？」

ミィの歯切れが悪い。

何を気にしているのか。

ミィは壁から手を離すと、真っ黒な扉をに向けて指をさした。

「あの先。行ってみるといいよ。そしたら、分かると思う」

「あの先か……」

太一はそちらに目を向けた。

やはり気になるのはあの扉である。

「ただでは行けないから気を付けてね」

「やっぱりか」

「やっぱりだよ」

そんなことだろうとは思っていた。

ここでミィがそう言うということは、何かしら力試しのようなことが行われるのだろう。

ミィは分かっているようだが、内容は口にしなかった。

乗り越えることに意味があるのは当然。

何があるのか、攻略情報を知っていてはうまくいかないかもしれない、ということなのかもしれない。

「よし、やるか」

太一は拳を掌にぶつけた。

ここまで来て挑戦しない手はない。

ミィがそう言ったことに意味があるのだ。

ミィの言葉を聞いていた凛、ミューラ、レミーアも意志は決まったようだ。

「やらぬ理由はないな」

そう、その通りだ。

精霊が関わっている以上、精霊魔術師としてここは引けない。

「じゃあ、始めるぞ？」

太一が扉に触れる。

すると、ずっと静かに鎮座していた扉が輝く。

太一は数歩後ずさる。

何かが現れるだろうと予想し、スペースを空けたのだ。

太一としては、これから行われるのは試練の戦闘であり、敵との戦闘ではない、という認識だ。

ならば、よーいドンで始まってもいい気がしていた。

扉からぬう、と影がしみだしてくる。

その大きさは人と同じくらい。

だが、真っ黒な影がただ人の形をとっただけとしか思えないのっぺりとした造形。

見た目だけでいうなら全くもって強そうには見えない。

だが。

「油断するでないぞ、リン、ミューラ。タイチのように余裕な態度ではいられんからな」

「はい」

「分かっています」

精霊が関わる試練。言わずもがな、つい最近精霊と契約した三人にとっては非常に大きな意味を持つ。

黒い影はよたよたと歩き始める。

よーいドン、ではないが、相手が現れた瞬間に攻撃を仕掛けてはいないし、向こうも登場後に奇襲をしてこなかった。

合図などないが、同時に戦闘を開始した、といっていいだろう。

黒い影はふらりふらりと右へ左へと動きながら、向かった先は距離が一番近かったミューラのもとへ。

前衛として最前列に立っていた彼女を選んだのだろう。

特に意味はなさそうだ。

フォームなど何もなく、ただ振りおろすだけの腕。

ミューラは剣を合わせて……。

「ぐっ……！」

ミシミシと悲鳴を上げる剣。

重い手応え。

つきそうになる膝《ひざ》。

ミューラはとっさに刃の上を滑らせて逸らし、一足飛びに後退した。

見た目には想像もつかないすさまじいパワー。

相手に「技」がなかったからいいようなものの、これで身体を動かす戦い方に精通していたとしたら危うかった。

今の一撃で、ミューラは戦闘不能になっていたかもしれない。

「……『精霊魔術、身体強化！』」

後のこととか、温存とか、そういったことが、一瞬で頭の中から吹き飛んだ。

出し惜しみしてのらりくらりとやって、倒せる相手ではない。

ミューラの対応で凛とレミーアの緊張が一気に上がる。

太一ももちろん、傍観して終わるつもりはない。

「力が強いのか！　どんなもんだ!?」

おもむろに接近すると、拳を突き出す。

すると、それまでの緩慢な動きが嘘のような機敏な動作で拳を突いてきた。

炸裂音。

太一と黒い影の双方が弾き出された。

「……？」

ざざ、と地面を滑って止まる。

太一は自身の手のひらをまじまじとみつめた。

明らかにミューラを攻撃した時とはパワーが違っていた。

ミューラが一瞬でも耐えられる程度の力ではどうあっても抗いきれない力で殴りつけたはずなのに、太一にも拮抗《きっこう》した。

『氷河瀑布！』

牽制《けんせい》のため、凛が氷の大波を放った。

今のやり取りで理解した。生中な攻撃では何の意味も持たない。

これで、違和感の正体、そのヒントが得られるかもしれない。

そのための攻撃。

まったく効かない、そう思って撃ったはずだったのに。

黒い影は凛の狙い通り凍り付いたが、数秒と持たずに粉砕されて脱出される。

「おかしい……」

そんなはずはない。

「太一と互角に打ち合えるんだから、氷からすぐに抜けられる、と思ったんだけど……」

「ほう……これはどうだ」

レミーアが両手を前に突き出し、そこで風を固める。渦を巻かせ、固めて、凝縮する。

そのまま間髪いれずに容赦なく、風の弾丸を打ち出した。

かつてのレミーアの数倍の威力を持つ攻撃。

黒い影はそれを真正面から受け止め、数秒拮抗したのちに押しつぶした。

「ふむ、確かにおかしいな。この何とも言い難い差は一体何なのだ」

ミューラに対したときはミューラが持つ力なりに。

凛とレミーアの攻撃を受けたときは凛の攻撃力なりに。

太一の攻撃を受け止めたときは太一の攻撃に匹敵する力を発揮。

まったくつじつまが合わない。

太一に拮抗《きっこう》できる力があるのなら、ミューラは最初の攻撃で戦闘不能になっていたはずなのだ。

ミューラと太一の視線が交錯した。

同時にうなずくと、変わらずよたよたとしている黒い影に対し、今度は二人で飛びかかった。

「これはどうかしら⁉」

「受けて見せろ！」

タイミングを合わせた二人同時の攻撃。

相手を攪乱《かくらん》するために、ワンテンポ遅らせる、といったギミックは仕込まない。

衝撃が広がり、空気が攪拌《かくはん》される。

同じような力がぶつかって力が行き場をなくしたからだ。

「……！」

「おいおい……！」

ミューラの攻撃も、太一の攻撃も、同様に互角の力で受け止めた。

推測していたことが当たった。

「どういう理屈かは分からないが、向けられた攻撃と同程度の強さで反撃してくるようだな」

そう、そういうことだ。

レミーアが言った通り、どういう理屈かはさっぱり分からない。

ただ現実はそうなっていた。

「どういう理屈かはさっぱり分からんが、現実に起きていることだ」

ただそうすると、倒せるのかどうか。

倒せばいいのか。

倒す必要があるのか。

果たして、何を試しているのだろうか。

……と、あれこれと予想することはできるのだが。

「うん、考えたって分からないものは分からないね」

ふと、何か割り切った様子で凛は顔を上げると、おもむろに杖の先を黒い影に向けた。

「せっかくだから、試させてもらうよ！」

そう言いつつ、かなりの強さで氷塊を放つ。

見た目ただの氷塊だが、その実相当な魔力を込めて作られていることが分かる。

凛の魔術ではあれだけの出力は出せない。

アヴァランティナに相当な量の魔力を供給したのだろう。

つまり精霊魔術。

自身の魔力量にものを言わせた後先考えない一撃である。

黒い影はそれを受け止めて……吹き飛んだ。

ただし無傷。

受け止めて吹き飛んだものの直撃はしていない。

「ちぇっ、やっぱりね」

勇ましい顔をしているものの、流れる一筋の汗は止められない。

しかし、その結果になると理解していた。

吹っ切れているようだった。

「お前の言う通り、考え込んでいても何も打破はできそうにないな」

レミーアが凛にならう。

「ならば、私はこうさせてもらおうか！」

一点突破ではない、全ては防げない風の弾丸の嵐。

案の定、黒い影は防ぎきれずにいくつかは直撃を受けていた。

その様子を見ていたミューラ。

「……？」

何かが視界の端をちらりとかすめる。

正体が分からずに首をかしげるも、近くに黒い影が寄ってきていたので急いで退いた。

離れながらも、ミューラも同様にミドガルズにお願いして石の槍を五本放った。

黒い影は四本を打ち砕くと、残り一本を受け止めた。

その場で踏ん張れずに後ずさるものの、直撃はしていなかった。

「……」

とっさの動きをしながらも、ミューラは周囲に目を向けていた。

そこで何が起きているのかを見逃さないために。

ミューラは目を細めた。

「タイチ」

「なんだ？」

目を皿にして黒い影を観察していた太一に声をかける。

「一発撃ってくれるかしら？」

「……？　分かった」

太一は理由を聞かず、手のひらを黒い影に向ける。

疑問はあるのだろうが、黙ってミューラに従い、水の塊を生み出した。

「これはどうだ」

凛も得意とする『水砕弾』を、召喚魔法で模倣したもの。

太一はそれを容赦なく、黒い影に向けて叩きつける。

凛とレミーアが、巻き込まれてはたまらないと急ぎ距離を取る。

どぱぁんと破裂する音と共に、黒い影は吹き飛んで後方の壁に叩きつけられた。

すさまじい威力と勢い。

壁に放射状の亀裂が入ったものの、砕けてはいない。

太一が放つ『水砕弾』による破壊と考えると影響が少なすぎるが、ここは常識で物事を考えてもらちが明かないと分かっているので、凛もレミーアも、もちろんミューラも、そして撃った太一自身も棚上げをしている。

結論から言えば、黒い影は健在だ。

あれだけの一撃を受けたのに、ふらふらよたよたと再び立ち上がり、歩き出している。

「……なんか分かったか？」

ただ、指示を受けた太一は、ミューラに何かしらの考えがあるのだろうと察していた。

「ええ……あの扉、あそこにある水晶みたいなもの、分かるかしら？」

「ああ」

太一が見ると、確かに扉の中心部分には、水晶球のようなものがはめ込まれていた。

「あれ、攻撃するたびに、色が濃くなっているというか、光が強くなっているというか、そんな感じがするのよね」

「……なるほど？」

あれが輝いてきているというのか。

ぴんときた。

「ミューラ。精霊魔術じゃないやつを一発頼む」

「分かったわ」

太一の言い方に何かの考えがあるのを読み取ったミューラ、今度はその指示に従う。

凛とレミーアは今も戦闘を続けている。それがいい足止めなっていた。

二人の合間を縫って、ミューラは火球を放つ。

高速で飛んだ火球が黒い影に直撃した。

「……これは？」

黒い影は、凛とレミーアの攻撃は防ぐなど何らかのリアクションを起こしている。

しかし今の『ファイアボール』については一切のリアクションを起こさなかった。

ただ当たるままに当たり、しかしまるで何事もなかったかのようだった。

さすがにその大きな差には、凛もレミーアも気付いた。

違和感しかない。完全に無視とは。

あまりに動きが違っていて目立ち過ぎたのだ。

「次は精霊魔術だ」

「ええ」

ミューラは続いて精霊魔術で岩の弾丸を一発。

それを全力で撃ち放った。

威力は求めない。ただ命中率とスピードを重視した高速の狙撃。

もちろん精霊魔術なので威力はただの魔術とは一線を画すが、それでもこれまでの精霊魔術に比べれば威力は控えめだ。

土壇場でこれだけの制御ができたことに驚きつつ、ミューラは黒い影を狙い一撃を叩き込むために集中した。

黒い影はそれに即座に反応した。

岩の弾丸を受け止め、しかし勢いに押されて数メートル下がった。

やがて推進力を失った岩の弾丸がごとりと落ちる。

そして。

「……『ファイアボール』はダメ、その後の精霊魔術では確かにあの水晶は光ったな」

一瞬たりとも見逃さない、そういう気概を持って水晶を観察していた太一。

そのわずかな違いをはっきりと捉えた。

「つまり、精霊の力を元にした攻撃をする必要がある？」

「あるいは、単純に一定以上の威力の攻撃なのかどうかだな」

言いながら、太一は全力で身体強化する。

シルフィ、ミィ、ディーネの力は借りない。

純粋な、太一の魔力に物を言わせた強化だ。

そのまま太一は一直線に飛び出し、黒い影に強烈な前蹴りを放った。

黒い影はそれを両腕を交差させて受け止め……またしても三メートルほど下げさせられる。

その隙に、ミューラの元へ戻る太一。

「……水晶は変わらなかったわね」

「じゃあ、はっきりしたな」

つまり精霊の力を借りた攻撃である必要があるということだ。

太一とミューラの推測の会話、声に出しているのは自分たちの考察を頭に入れやすくするためであったが、それ以外にも凛とレミーアに聞かせるためでもあった。

会話が聞こえていたのだろう、彼女たちは途中から黒い影を足止めするような動きに変わっていたからだ。

「精霊の力を借りた攻撃を繰り返して、あの水晶を満タンにする、ってところか」

「やることが分かったのはいいわね。それもシンプルで分かりやすいわ」

ミューラは剣を構え、笑う。複雑な手順などがなくて良かった。

別にそうであっても文句など言わずにやるつもりだし、それが出来るという自信がある。

一方で物事は単純な方がいい、というのも確かに本音だった。

「じゃあ最後にもう一つ試すか」

太一は水の弾丸をノータイムで撃ち出す。

威力よりも速射性、連射性、コストを考えた数で勝負するための召喚魔法。

本来は無数に、散弾のように撃つものだが、一発だけでも使い方はいくらかある魔法だ。

黒い影はそれも打ち払った。

今度は大きく強く、そして速く。更に回転して飛び、命中すると炸裂するような水の弾丸を作った。

これは逆に連射するようなものではない。

一撃で相手を仕留めるためのもの。速度と射程、そして威力に設定値を割り振ったものだ。

それも、黒い影は同様に打ち払った。

打ち払った威力を殺し切れず反動で回転しながら吹き飛び、床に打ち付けられた。

一見攻撃が通っているようにしか思えない反応をする。

しかし、もうだまされることはない。

よたよたとこれまでと同じような動きで、まるでダメージなどないかなどのようにふるまう黒い影。

「水晶の光の増え方は同じよ！」

「そりゃあ良かった！」

タネさえわかれば難しいことは何一つなかった。

ただただ精霊魔術と召喚魔法で攻撃するのみ。

例の黒い影は防ごうとはするものの、避けようとはしない。

太一の攻撃は受けるよりも避ける方がいいというのに。

その点は、水晶に光を溜めやすい要因なので文句をいうことはない。

後は連射するのと一発で攻撃する場合の違いがあるか。

数人同時に攻撃した際もきちんと三人分計上されるかどうか。

などの試験をしながらも、四人がかりで黒い影に攻撃を叩きつけていく。

そのたびに水晶は輝きを増していった。

黒い影への攻撃を続けていると、やがて凛、ミューラ、レミーアの魔力の底が見えてきた。

さすがに制御についての腕前はかなり上がっているが、それでも限界が見えてきている。

「そろそろ限界か……」

魔力切れになりそうなところだが、まだそこまでは行っていない。

ギリギリのところなのは間違いないが、踏みとどまっている。

さすがにこれ以上撃ち続けると危険なところまで行きかねないので、太一は最後の仕上げを自分で行うことに決めた。

水晶はかなりの光を溜め込んでおり、あと一歩のところまで来ているように見える。

ただまあ、あと少しに見える、というだけなので。

現状から簡単には増えないかもしれないが。

それでもこのからくりらしきものに気付いた時に比べれば雲泥の差だ。

太一は再び黒い影に向けて攻撃を繰り出していく。

「こいつでどうだ！」

風をまとわせた拳で黒い影を殴り飛ばした。

拳から放たれた風が黒い影を押しつぶさんと圧力を加えつつ、鋭い風の刃が切り刻む。

かつて戦ったツインヘッドドラゴンなら一撃で戦闘不能どころか、命さえ軽く奪えるであろう攻撃。

手ごたえはあったが、これも効いていないのだろう。

そう思って油断しなかった太一だが、ふと、黒い影の動きがぴたりと止まる。

「……？」

急な一時停止に疑問を浮かべたところで、黒い影は崩れながら地面に吸い込まれていく。

役目を終えたということだ。

それからそう間を置かずに、全ての魔力が満ちた水晶が、一瞬だけながら強い光をまき散らした。

「……！」

その光景に、目を閉じるも束の間。

水晶に溜め込まれた光が扉に流れていく。

やがて扉に刻まれた複雑な刻印全てに浸透する。

改めて見て気付く。

技術的にはまったく知らないものながら、それは、魔法陣であると。

刻印に流し込まれた光が数度点滅する。

そして、扉が重い音を響かせながら開いた。

どうやらこれで試練は無事突破できたらしい。

その扉の先。

今いる部屋に比べれば明らかに狭い。

黒い影と戦った部屋に比べれば、数分の一程度の広さしかない。

奥には簡素な祭壇がひとつ、ぽつりと置かれていた。

本当にこれもシンプルだ。

四角い台座には魔法陣が描かれている。

その台座を挟むように、左右には高さ一メートルくらいの石柱が建てられている。

石柱の上部には灯篭《とうろう》が配置されていた。

灯篭、といっても、ただたんに火をつけたランプを置いたりするだけの用途だ。

灯篭が何らかの役目を果たしているわけではなさそうである。

日本であれば「場を清浄にする」などと明確な設置理由があったりもしたが、事この場にあっては明かりとしての機能しか持っていない。

「この祭壇、何を祭っているのかしら」

「何だろうな。まあ、エレメンタルが薦めるくらいだから、悪いことではないと思うのだがな」

部屋に入って数歩でもう祭壇にたどり着く。

本当にこぢんまりとした一室だ。

「そうですね。床も天井も壁も、こちら側はただの岩ですし」

凛の言う通り、部屋の壁などに一切加工はなされていない。

振り返って見える部屋の壁などは相変わらずかなり綺麗なものになっている。

「あんだけのギミックがあったにしては、ずいぶんと控えめなんだよな」

そしてこの祭壇がある部屋の広さだ。

黒い影を使った試練を行うために広大だった、といえるかもしれないが、本丸ともいえる祭壇がある部屋がこれほどに小さいのも気になる点だ。

「それは、必要がなかったからです」

ふと、少女の声。

凛の声でも、ミューラの声でも、レミーアの声でもなかった。

祭壇にある魔法陣が輝き、薄い黄色の光の粒子が立ち上った。

粒子が空中で集まっていき、黄色いドレスを着た少女が姿を現した。

「お待ちしておりました」

「土の精霊か」

少女はふわりと浮かんだまま微笑み、うなずいた。

人の姿を取れる精霊ということは、それなりに高位ではあるのだろう。

太一はおおよその力を感じ取ることができる。

四大精霊には及ばないものの、確実に上位精霊であると感じていた。

「そうか……だから」

「はい。あなたが契約されているアルティアの土のエレメンタルが言う通り、この場所はワタシの力で築いたものです」

だから、分からなかったわけだ。

土の精霊が手ずから作り上げた神殿。

壁などが何で作られているか分からなかったのは、彼女が作ったからであると。

「人間界では使われていない素材で作りましたので」

そういうことならば納得である。

「……でも待って。神話では、山の神が精霊と協力して作り上げた、って」

「ああ、そのように語り継がれているのですね」

彼女曰く、山の神、というのは、大昔に存在した召喚術師であるという。

少なくとも、その召喚術師がいた頃から二〇〇〇回は冬が巡っていると土の精霊は言った。

人の身でありながら水や火など、土着の祈祷師《きとうし》、今でいう魔術師よりもはるかに強力な力を操り、精霊の言葉を聞くことができた存在。

魔術などについて今ほど究明がなされていなかった時代のことだ。

既に滅びてしまった原住民たちは、精霊の声が聞こえて常軌を逸した力を扱えた者を神として崇めたのだろう。

それが口伝などで伝わっていくうちに細部が変動し、やがて読み物としても映えるよう再編された結果、神話に変化したようだった。

「あの黒いやつはなんなんだ？」

ああ、という顔で、土の精霊の少女はうんうんとうなずいた。

「あれは、ワタシに会うことができるかを見定めるための壁ですね。精霊魔術や召喚魔法以外では攻撃は通じないようになっています」

戦闘して相手を打倒するためのものではない。

精霊魔術や召喚魔法を使えなければ、扉を突破して祭壇まで来ても、姿も見られなければ言葉を交わすこともできない。

そもそもの土台の話である。

なお、先の試練は、祭壇を起動するためのリソース確保でもあるという。

契約していないため魔力供給がない。

故にそのための力をよそから確保する必要があるというわけだ。

「ところで、先程待っていた、と言ったな？」

神話について、この神殿について、その他もろもろの謎が解けたところで、レミーアはさっそく核心に入った。

「ええ、確かに言いました」

「どういうことだ？」

「はい、説明します」

土の精霊の少女も願ったり、といった様子である。

本題は当然そちらなのだから。

それは太一たちにとってもそうだし、土の精霊の少女にとってもそうだ。

「ワタシがお伝えしたいのは、この世界の精霊についてです」

そう言って、彼女はとつとつと語り始めた。

「人間と友でありたい。セルティアの精霊もそう考えているのは間違いありません」

それはアルティアと同じであると、彼女は言う。

確かに、シルフィやミィ、ディーネと交流を持つ太一は理解している。

精霊は人間に友好的だ。

そうでなければ、人間は召喚術師や精霊魔術師はおろか、普通の魔術師にすらなれていなかったに違いないからだ。

「ですが、セルティアの精霊の想いが、ねじ曲げられているのです」

「……ねじ曲げられている、とは穏やかじゃないわね」

それはつまり、自分の意思とは相反する状態ということだ。

個々人の気持ちや考え、人格を無視した行い。

それはもはや。

「それはもう、奴隷と同じだよね」

「奴隷、とまでは……いえ、そうなのかもしれません」

「ねじ曲げられてるってことだが、何が原因かは分かっているか？」

レミーアが問うと、土の精霊の少女はこくりとうなずいた。

「それはいったい？」

「はい……四大精霊のうち二柱、火のエレメンタルと風のエレメンタルが、召喚術師に強制的に従わされているからです」

「……！」

太一は思わず握る拳に力を込めた。

火のエレメンタル、風のエレメンタル。

ピンときた。

来ないはずがない。

勝負の結果は持ち越しとなったものの、太一の気持ち的には敗北を味わったあの相手。

「エレメンタルが人間に強制的に従わされてしまうと、エレメンタルを頂点とする精霊は引っ張られてしまうのです」

精霊は人間などのように形を持たない。

だからこそ、そういった概念がとても大事なのだ。

「それを是正したいのです。このままでは、他の精霊たちも、人間の奴隷のようになってしまいます……」

土の精霊の少女は沈痛な面持ちで、絞り出すように言った。

人間に友好的な精霊。

もちろん気まぐれな子もいるし、全員が友好的でもない。

それぞれ、好みがあるのは、凛、ミューラ、レミーアは肌で実感している。

しかし、「契約してもいいかな？」と集まってくれた精霊がたくさんいたことも知っている。

契約なんてしてやるか、と思う精霊ばかりであれば、あのようにたくさん集まったりはしなかったのだから。

「人間に協力するのはやぶさかではないんです。けれども、このままでは……ワタシたちは、対等でありたい……」

土の精霊の少女は、すっと頭を下げた。

「ワタシも、いつまでこうしていられるか……」

そう、精霊はエレメンタルに引っ張られる。

それは、彼女も例外ではない。

「どうか……お願いします。ワタシたちを、助けてほしいんです」

「……そういうことか」

太一は納得した。理解した。

思い出せ。

あの仮面の男と戦った後、シルフィたちになんと言われた？

風と火のエレメンタルに自我がなかった、と言われなかったか。

エレメンタルを強制的に従わせると、他の精霊たちまでもが引っ張られる。

そんな事態になるなど知らなかった。

精霊を無理やり従わせる、など、太一は考えたこともなかったのだから仕方がないと言えば仕方がないことだ。

「……何か心当たりが？」

「ああ、ある」

「それは……っ！」

食い気味に乗り出してきた土の精霊の少女を押しとどめるように手のひらをかざす。

「今すぐってわけにはいかない。でも必ず、俺にはチャンスが来る」

そう、必ず来る。

仮面の男は、太一に対して並々ならぬ執着心を持っていた。

であるならば、太一から決着をつけようと吹っ掛ければ必ず乗ってくる。

もうこれは確信を越えて法則とすら言えるかもしれない。

朝になったら日が昇る、が如く。

「だから、待っててくれ。絶対に最善を尽くすから」

これだけ協力してもらっているのだ。

そして、精霊たちがいなければ乗り越えられなかった場面は数えきれない。

感謝してもし足りないほどだ。

そんな精霊を従わせる。無理やり。

太一としては受け入れがたいことだった。

ただ……今のままでは無理だ。

今この瞬間、再戦して決着がつくまで戦っても、勝てる可能性はかなり低い。

そんな分が悪い賭《か》けをするつもりはない。

やれることをやって、そのうえで挑む。

出来る手を全て打ったうえで、それでも分が悪ければその時は仕方あるまい。

ただ今は、やりきったわけではない。

やれることはまだまだたくさんあるはずだ。

太一こそ、凛たちのように限界突破しなければならない。

その想いに、変わりはないのだから――

エピローグ

「首尾はいかがですか？」

そう発言したのは、金髪ロングヘアの男性とも女性とも見える人物。

彼か、彼女か。

どちらにも見えるため見た目からは判別はつかない。

ただ……言えることは、非常に存在感があるということ。

そして、絶世の美人であること。

「はっ。今回は四つのゲートが潰されずに残っております」

「そうですか。ではうちひとつを使いましょう。残り三つはブラフとします」

「承知いたしました。手順に変更がなければブラフはいつも通り手配いたしますがよろしいですか」

「ええ、それで構いません」

「かしこまりました。では、御前失礼いたします」

彼か彼女か。

その人物の前にひざまずいていた女性はゆっくりと立ち上がると、顔を上げることなく踵《きびす》を返し、退出していった。

「…………」

部下が出て行き、一人となった部屋にて、かの人物は虚空を見つめた。

彼女は有能な部下だ。

任せておけば適切に差配してくれることだろう。

何も憂うことはない。

何も懸念はない。

……全くないわけではないが、その程度の壁はあらかじめ分かっていたこと。分かっているのなら対策もできる。ならば、実質ないのと同じだ。

簡単なはずがないことは分かっているのだから。

「勤勉だな。ご苦労なこった」

コツコツと靴音が反響した。

「あなたですか」

そちらを向くまでもなく、この部屋に現れた人物を把握していた。

「仮面は外さないのですか？」

そう、ここに現れたのは仮面の男。

北の海の上空にて、太一と勝負を繰り広げた仮面の男だった。

「外さないと困るのか?」

「いいえ、困ることはありません」

「ならいいな」

仮面の男はそのまま、部屋にあるソファーにどっかりと腰かけ、目の前にあるテーブルに足をのせた。

「おう、ヤツと一戦やって来たぜ」

「そうですか。どうでしたか?」

「ああ……」

不機嫌そうに舌打ちする仮面の男。

「オレと互角だったぜ。ヤツの方がオレより契約精霊が多かった。腹が立つ」

「そうですか」

金髪ロングヘアの中性的な人物は、ただそう返事しただけだった。

想定していた、とでも言いたそうなリアクションである。

「んだよ、予想通りかよ、クソ」

「契約精霊の数が少ないのに互角だったということは、地力では上回っていた、ということでしょう?」

それは素晴らしいことだ。

客観的に見たらそうなる。

仮面の男もその程度は理解しているだろう。

それでいてなお、彼は唾棄した。

「んなこたぁ関係ねえよ」

もっとも、すぐに表面上平静を取り戻したが。

「……だがまあ、オレもそうだがヤツも万全じゃあなかった。完全な状態のヤツを踏み潰すことに意味があるんだ。今回の勝負はあれでいいさ、あれでな……」

ぶつぶつと口を動かす仮面の男から、ぶわ、と負の感情が広がる。やはり表面上だった。

中性的な人物ははあ、とため息をひとつ。

「彼はアルティアの主力の一人です。そう簡単に倒せる相手ではありませんよ」

「分かってるさ。それに備えて、オレがこの世界に喚ばれたってことはな」

「それは結構。それで、ここに来た用向きは？」

普段、仮面の男はここには寄り付かない。

自由気ままにあちらこちらを動いているのが基本なのだ。

呼び出したところで無視することも多々ある、といえば分かりやすいだろうか。

そんな仮面の男が、呼んでもいないのに自分からここに顔を出した。

「そろそろ、オレも契約精霊を増やしたいと思ってな。その辺、どうなんだよ？」

「まあ、そういうことですよね」

「分かってるじゃん。で、どうなんだ」

仮面の男が二柱と契約していて、残り二柱と契約していないのは、中性的な人物が頼んだからに他ならない。

今はまだ、勘弁してほしい、と。

正直今も厳しいのだが、あまり焦《じ》らして機嫌を損ねても面倒だ。

仮面の男が叛逆したとしても鎮圧は簡単だが、彼は優秀なコマ。そう、異世界からアルティアに来た召喚術師の少年を抑え込める貴重な手札。

離反されるのは、中性的な人物としてもうまくないのである。

なので、仮面の男が納得できる答えを用意しておいた。

「そうですね。今すぐには無理ですが、既に動いています。後は順調にそれが進めば、あなたの契約も〝時〟までに間に合うでしょう」

「そうか。それならいい」

恐らくはかの召喚術師の少年も、時が来るまでには必ず万全の状態にしてくるだろう。

その時に四柱と契約して相対できるのならば、仮面の男は文句など言うまい。

何を犠牲にしても成し遂げる。

そのためにならどのようなことでもしてみせる。

清濁などと言うつもりはない。

よどんだ澱《おり》しか口にできないとしても、止まるつもりはないのだ。

「覚悟は決まっているようだな。安心したよ、光の精霊ルミナスさんよ」

「決まっていますとも」

「揺らぐこともあるからな。改めて確認出来て何よりだぜ」

そう言うと、仮面の男は立ち上がった。

「んじゃ、オレはまた好きにさせてもらうぜ」

「ええ、構いませんよ。用事がある時は呼び出しますので」

「応じるとは限らねえよ」

「それで構いません」

雇い主であるルミナスの呼び出しを普通に無視することもある仮面の男だが、どうしても外せない呼び出しの時に限って無視をしたことはない。

そこさえ外さなければ、ルミナスとしては仮面の男を縛るつもりはなかった。

その方がいいからである。

「それにしても、光の精霊がやってることは真っ黒、ってな。皮肉なもんだぜ」

「……言いたいことがあるなら、聞きましょう」

突如。

次元の違う圧力が部屋の中を包み込んだ。

一定以上の力がなければ、物理的な重さなどないのに押しつぶされているであろう圧力。

「言葉が足らなかった、謝罪する。褒めたんだよ、それだけの覚悟がある、ってな」

「…………そういうことにしておきましょう」

仮面の男が冷や汗をかいているのにルミナスは気付いていたが、そこは指摘しないであげた。

力の差など歴然だ。

ある程度の経費はかさんでいるが、仮面の男が出す不利益はその程度。計画に支障はない。

ただ、計画そのものに支障をきたすようになるのなら、ルミナスにとって仮面の男は邪魔になる。

その時は消すだけだ。

仮面の男も、調子に乗りすぎると確実に消されるからこそ従っているのだろう。

仮面の男は願いさえ叶うならばそれでいい。

ルミナスは計画が成功するならそれでいい。

利用し合う関係。一見綱渡りのようにも見えるが、これでも一〇〇年以上この体制でやってきたのだ。

お互いに、相手の一線がどこにあるかは分かっている。

踏み越えてはいけない線の手前で立ち止まるくらいはお手の物だ。

「んじゃ、どうしてもオレの力が必要だって時はまた呼べよ」

「ええ、そうしましょう。それまではどうぞご自由に」

「そうさせてもらうぜ」

仮面の男が退室する。

ルミナスもまた、それまでのことなど何もなかったかのように、次の仕事に取り掛かるのだった。

〈『異世界チート魔術師14』へつづく〉

ヒーロー文庫

異世界《いせかい》チート魔術師《マジシャン》 13

内田《うちだ》 健《たける》

2020年10月10日 第1刷発行

発行者 前田起也

発行所 株式会社 主婦の友インフォス
〒101-0052 東京都千代田区神田小川町 3-3
電話／03-6273-7850（編集）

発売元 株式会社 主婦の友社
〒141-0021
東京都品川区上大崎 3-1-1 目黒セントラルスクエア
電話／03-5280-7551（販売）

印刷所 大日本印刷株式会社

ISBN 978-4-07-446026-7